KB243759

우리에게도 따뜻한 날이 올까

우리에게도 따뜻한 날이 올까

신현림 글 유범주 사진

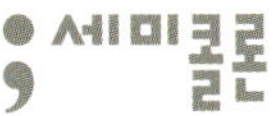

세미콜론

우리에게도 따뜻한 날이 올까

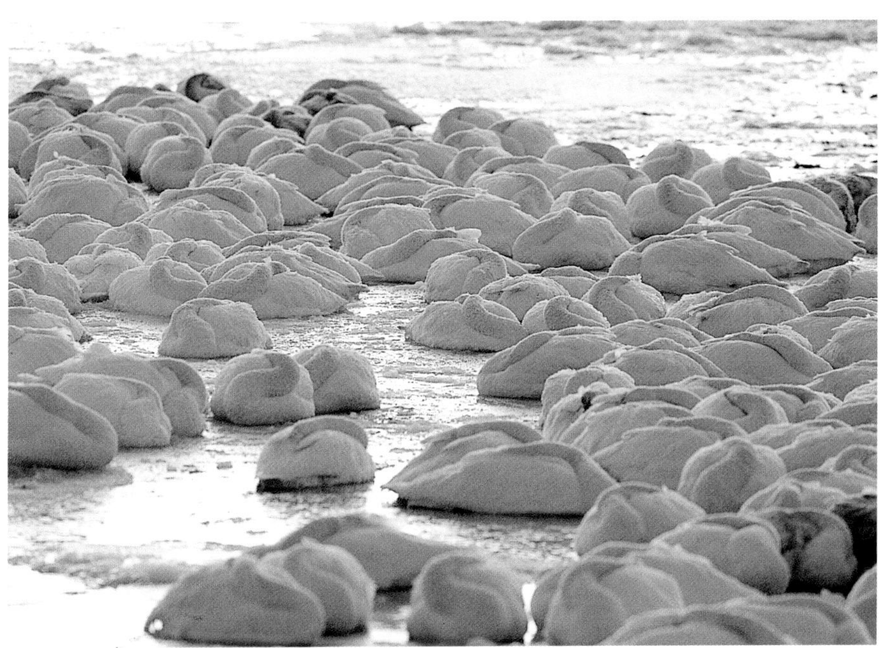

함께 자고 일어난다는 것 자체가 따스함이고 행복일지 몰라

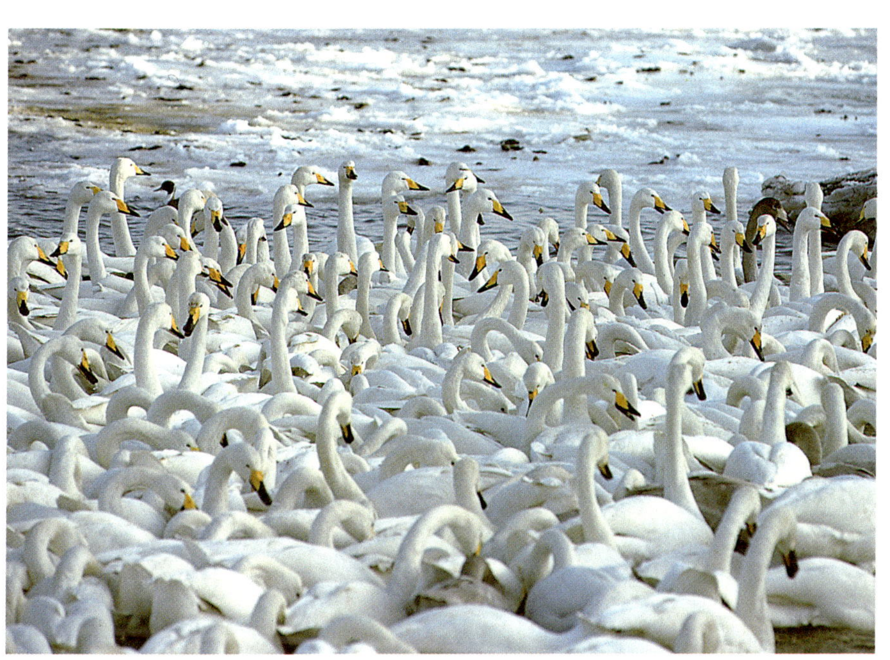

어떤 신비로움에 이끌려
　벌써 잠에서 깨어난 친구들이 있네

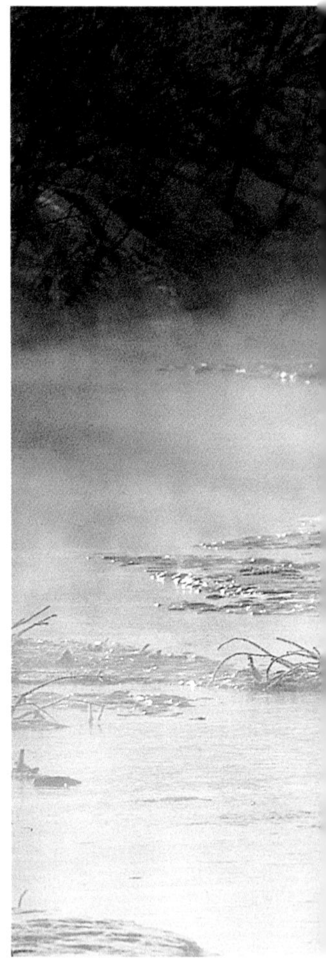

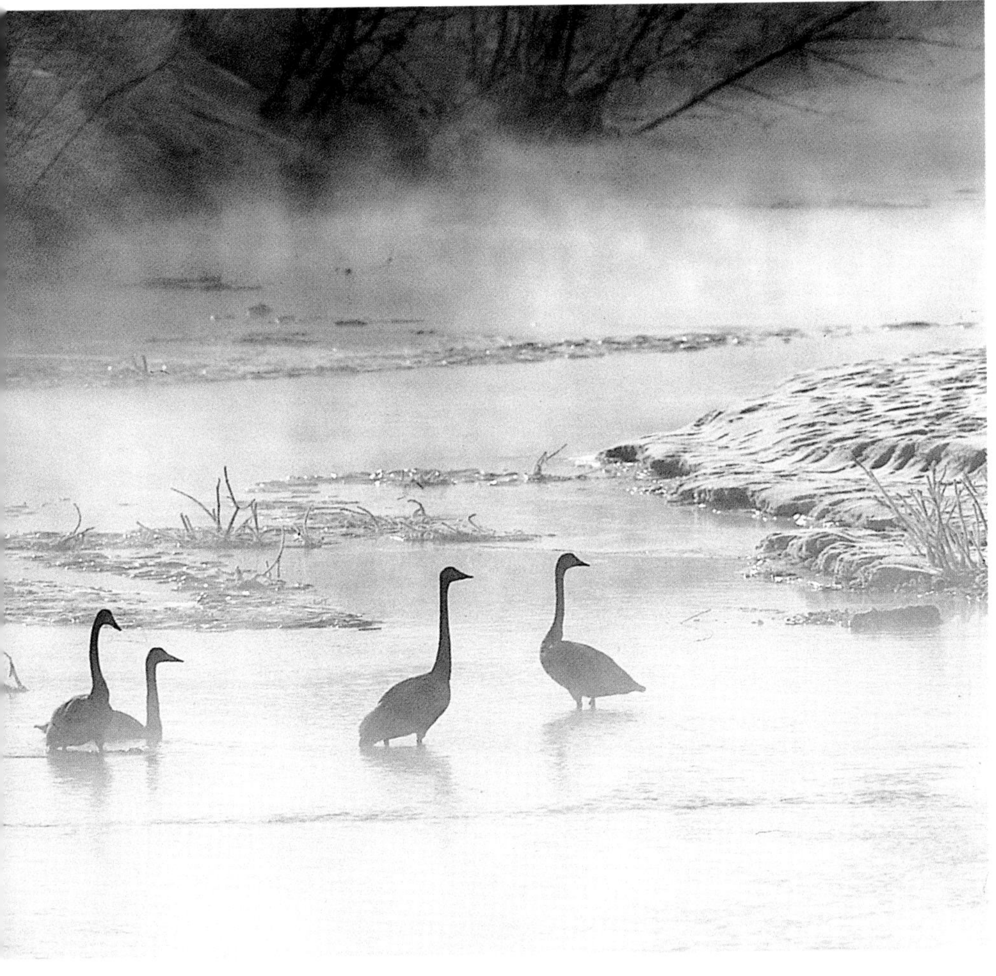

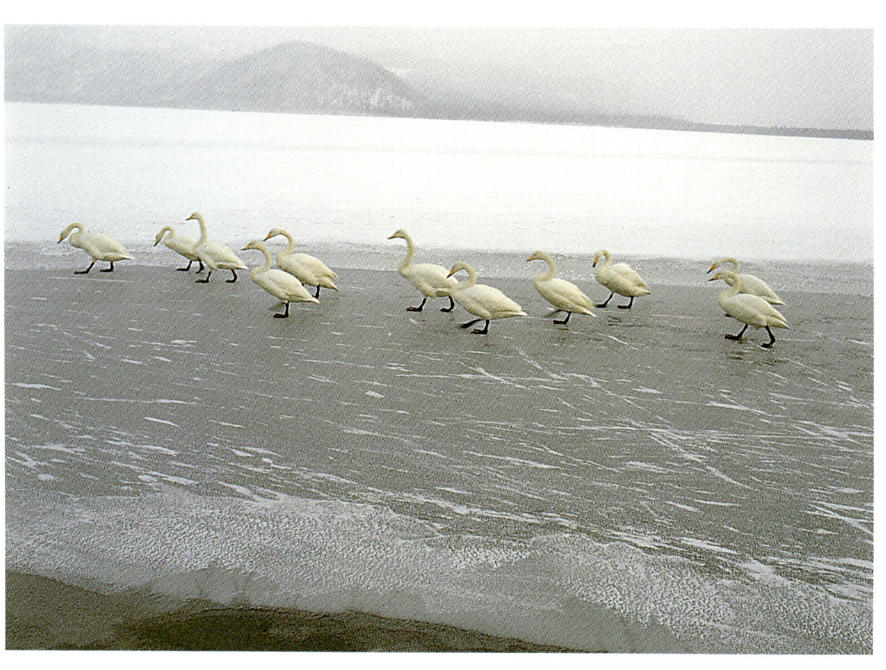

잠이 덜 깬 채로 밥 벌러 가는 친구

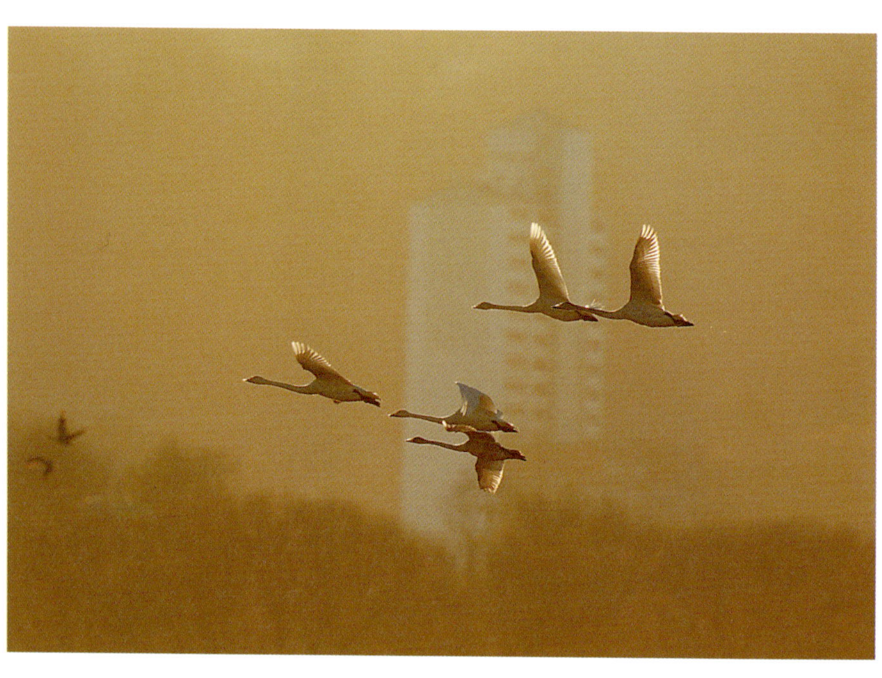

가장 감미로운 하루를 만들겠어,
　야심 차게 출근하는 친구들도 있어

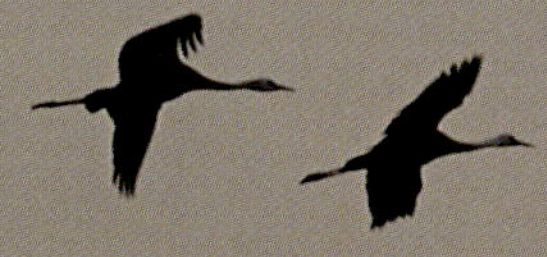

아무리 암울해도 부지런히 움직이다 보면 길이 보인단다

때로는 살면서 남기는 흔적들……
슬픔이나 우울, 상처에 얼마나 갇히기 십상인지

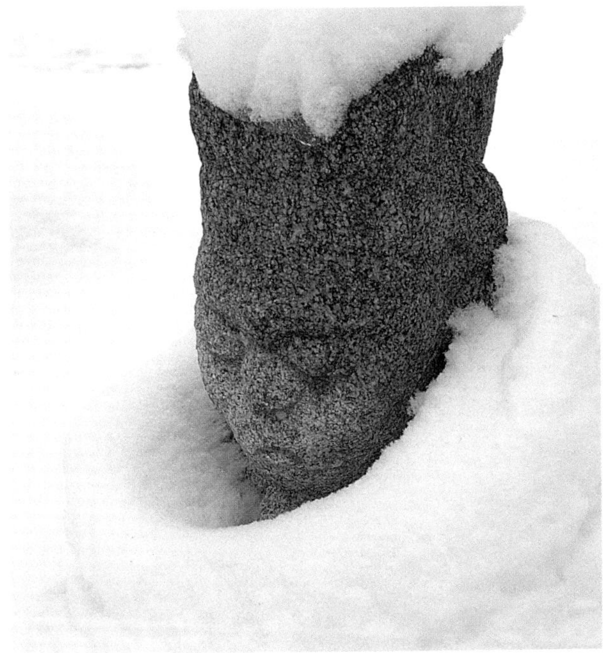

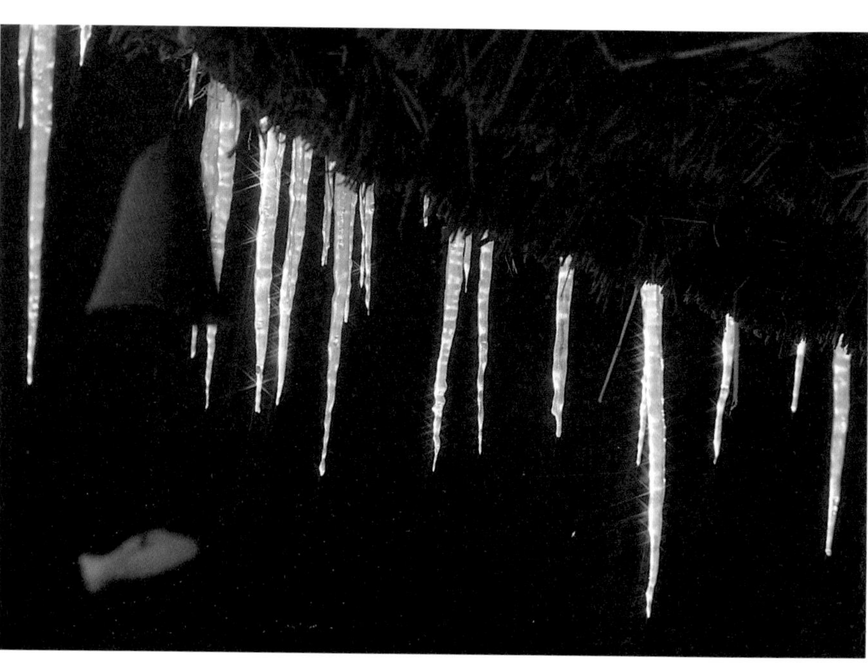

떨어져 버리는 일만 남았다고 낙담하거나

맨날 실현불가능한 꿈만 꾼다거나

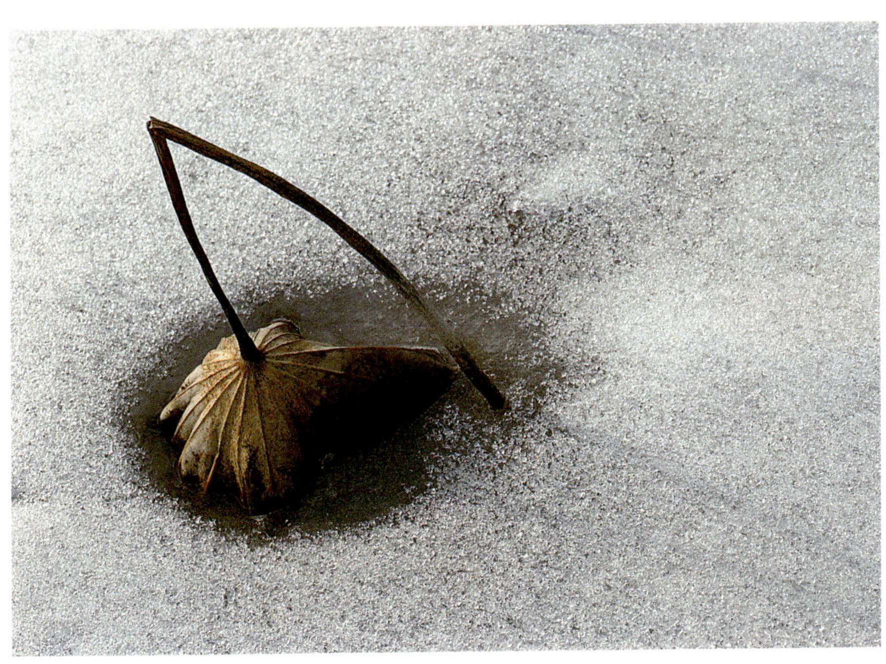

뭔가 어긋날 때마다 호소하거나

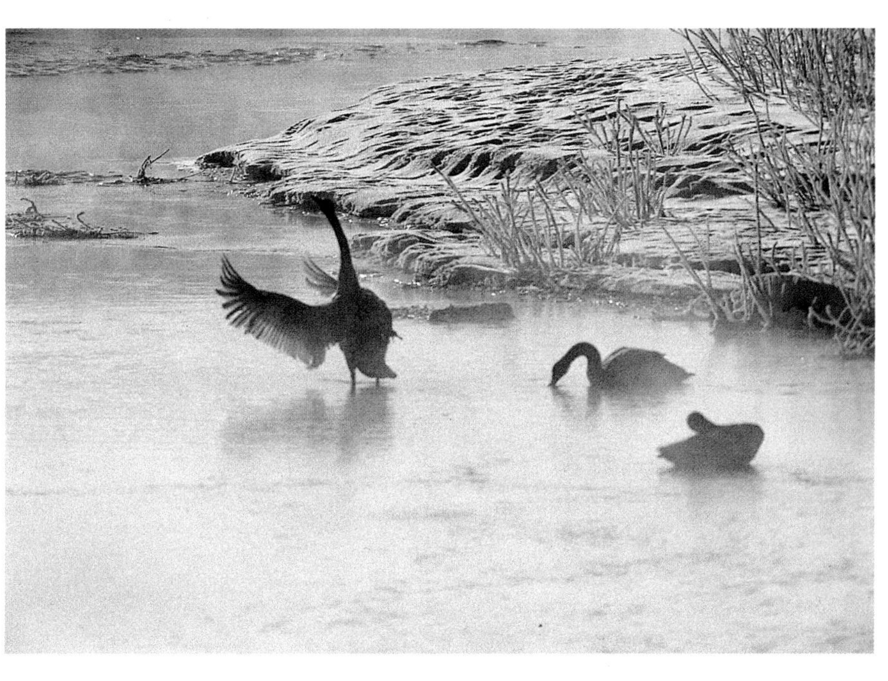

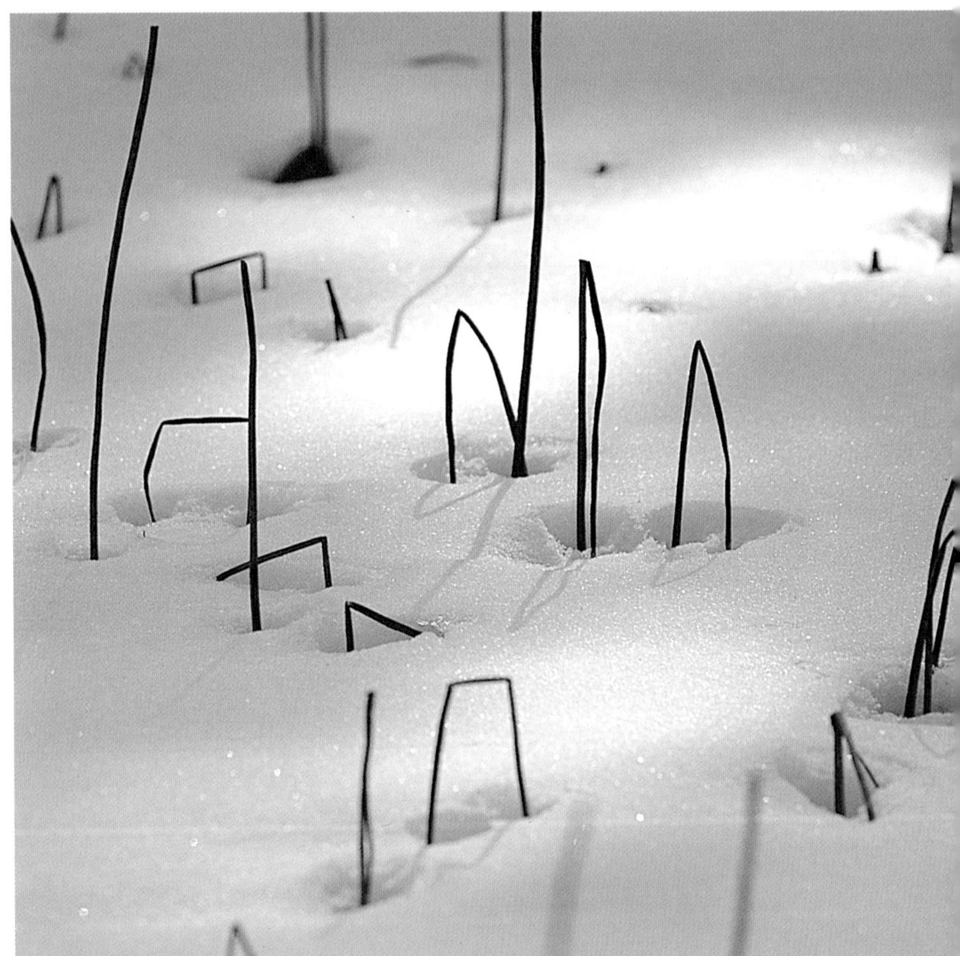

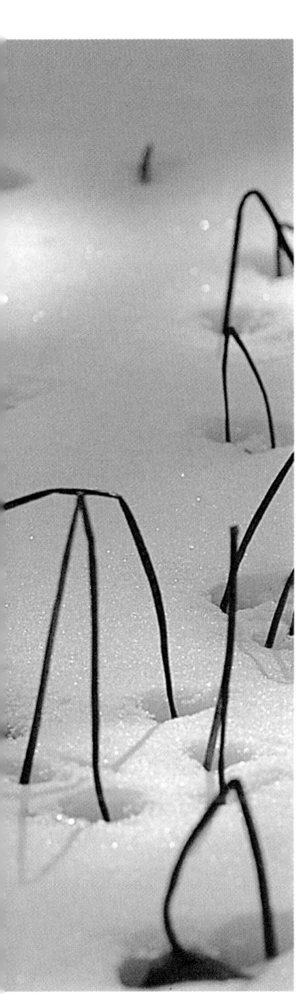

세상엔 정말 애정 결핍증 환자로 가득 찼어

여기 은둔성 외톨이도 있군

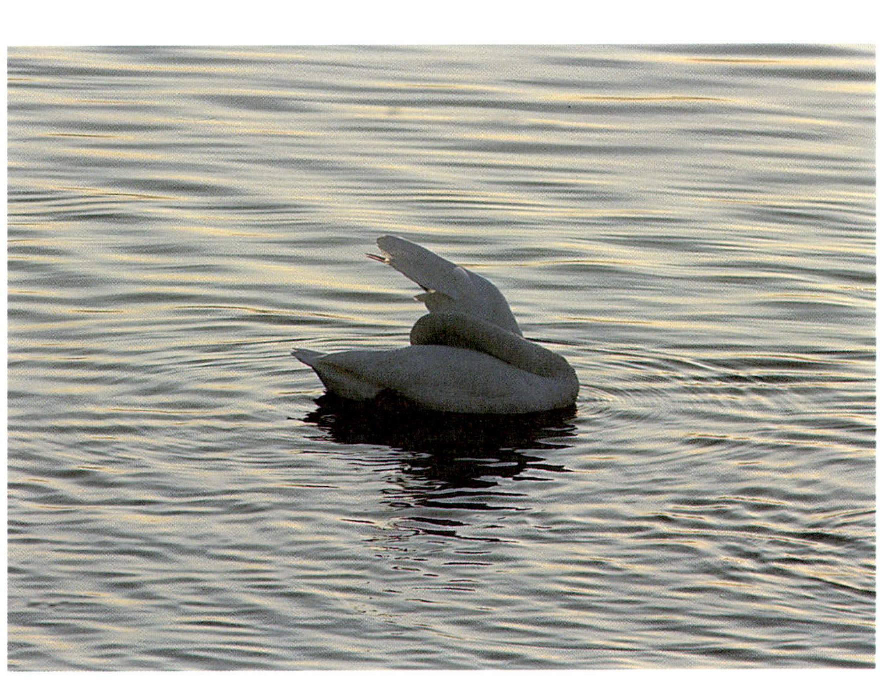

외롭고 불안한 마음은 나약하기 때문이야

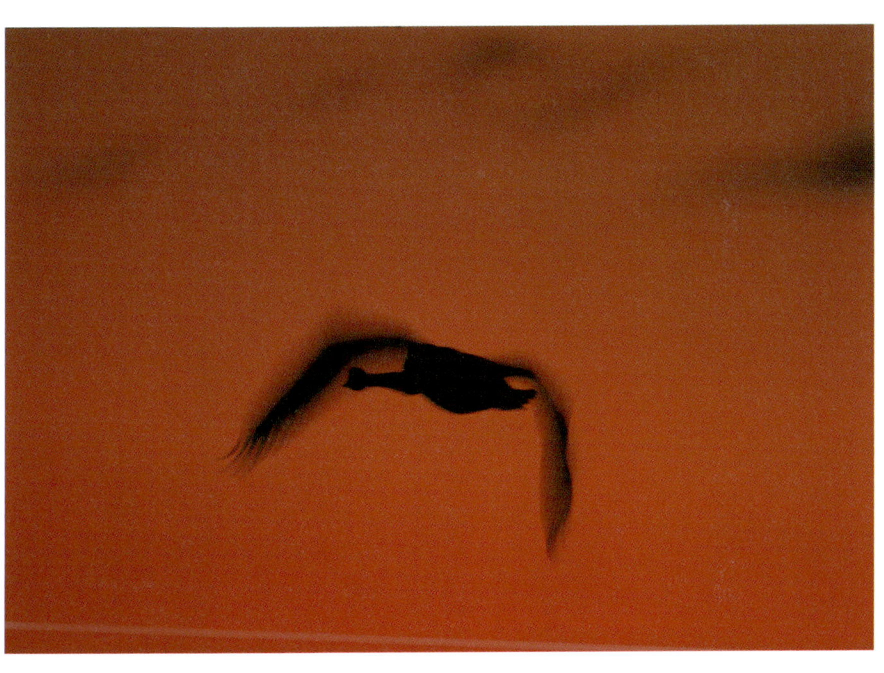

결국 불안에 휩싸이면 추락하고 말아

남는 건 죽음의 깃털뿐이지

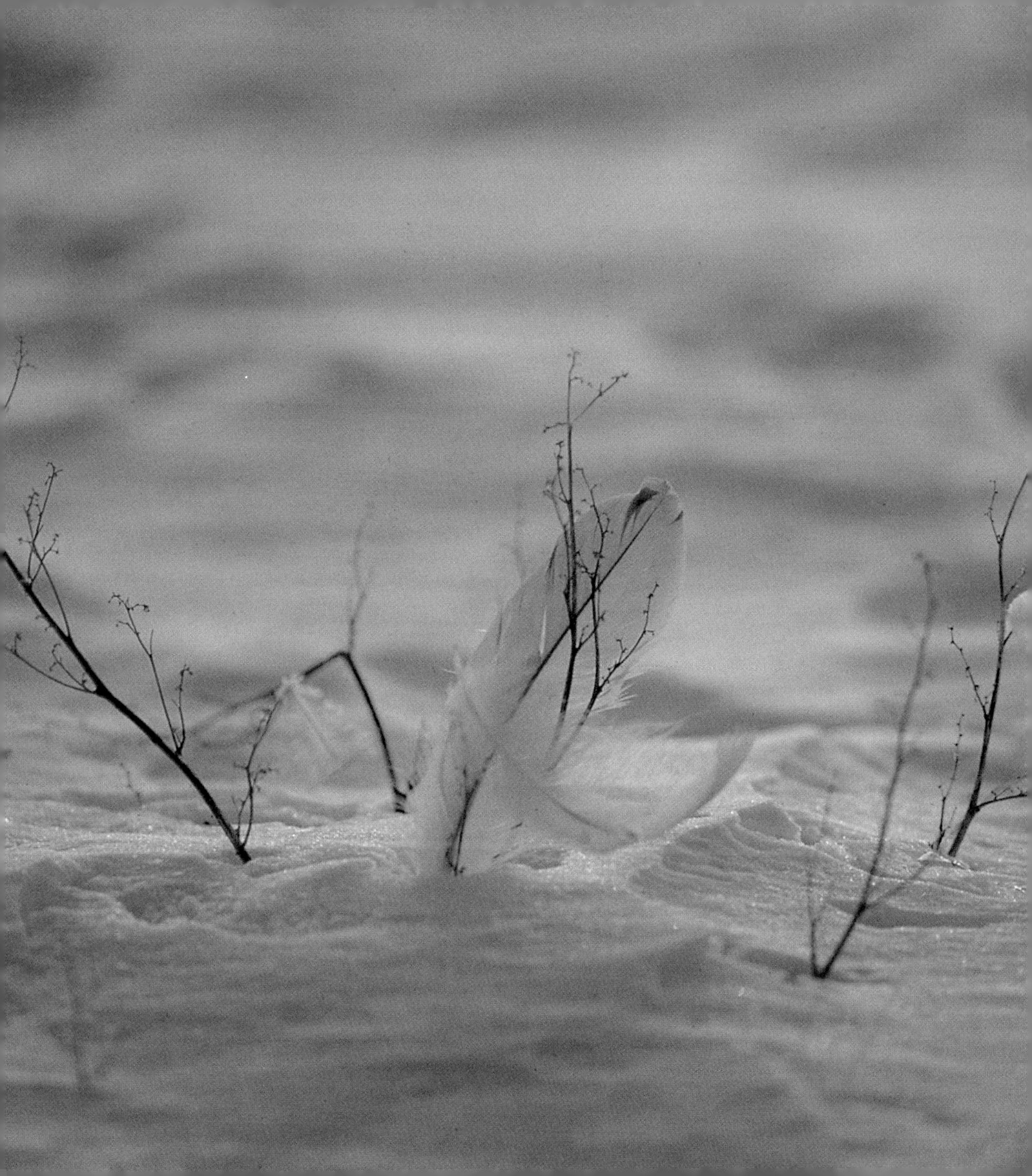

휴우, 살아 있는 의미를 다시 찾고 싶어

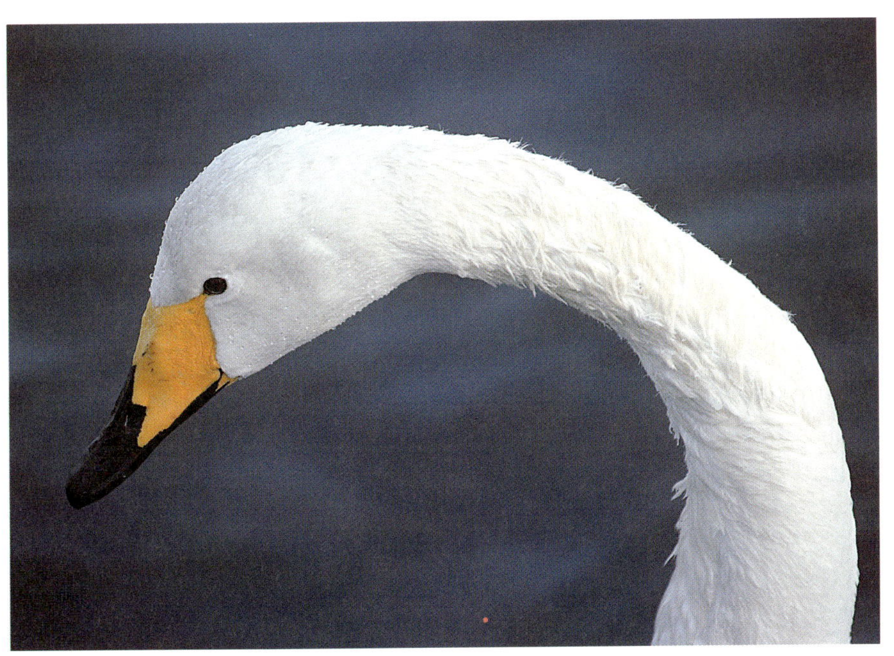

이렇게 살다간 내 안의 뭔가 폭발할 것 같아

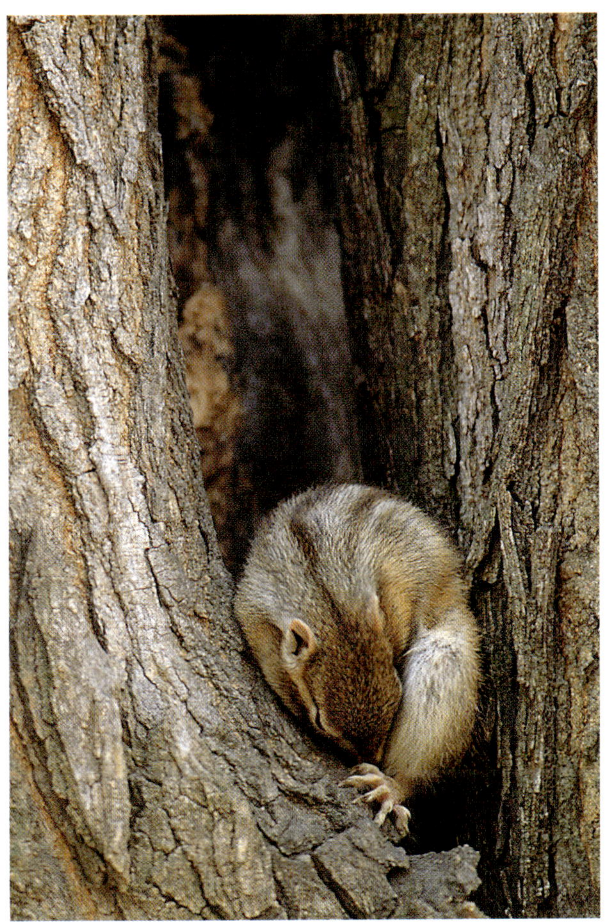

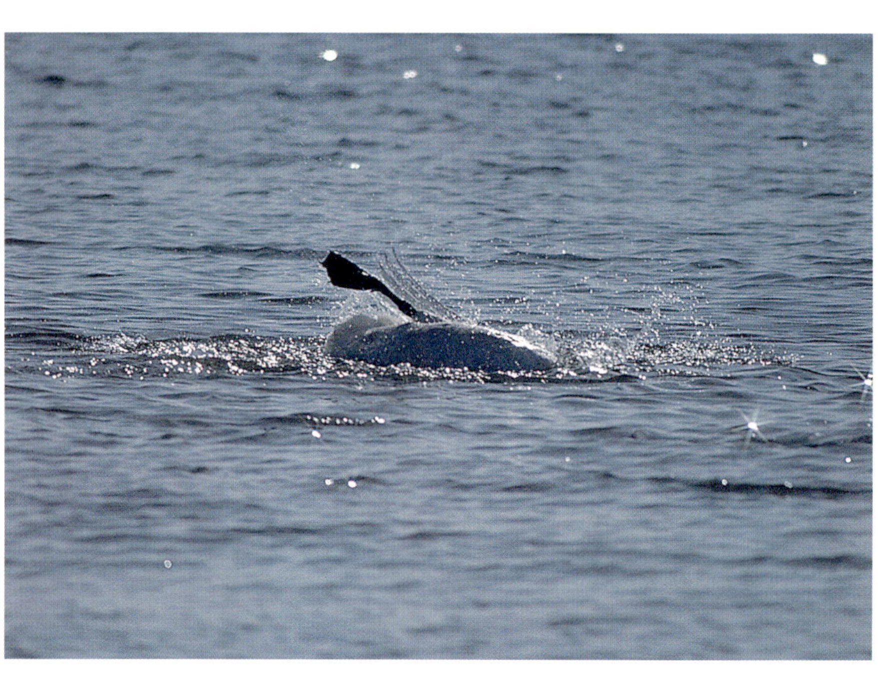

아둥바둥대다 세월 다 가겠어

시간을 되돌릴 수 없잖아

순간을 충만하게 살고 내일을 향해 힘껏 가는 거야

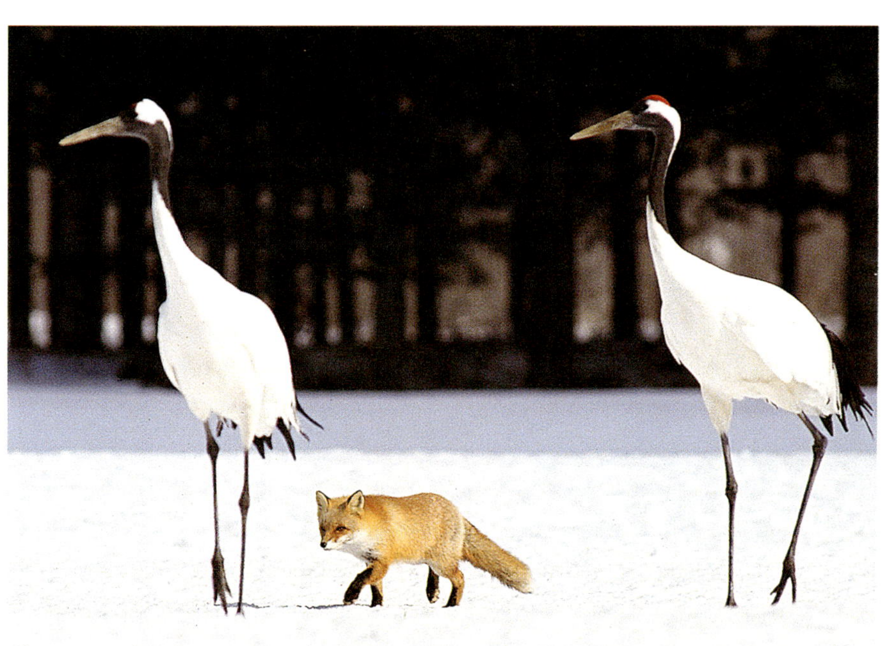

네 자신을 추슬러 강하고 창의적이 돼 봐

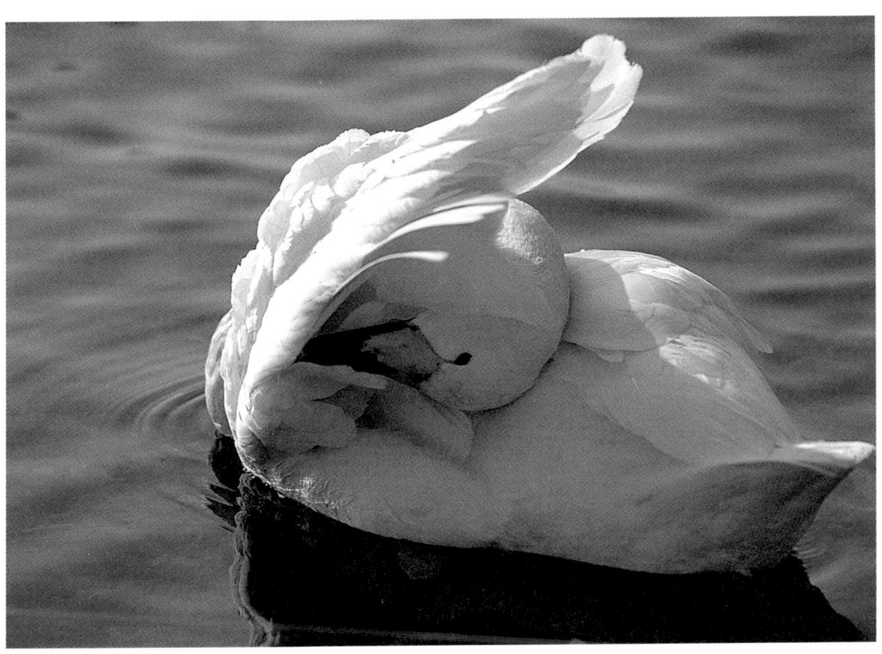

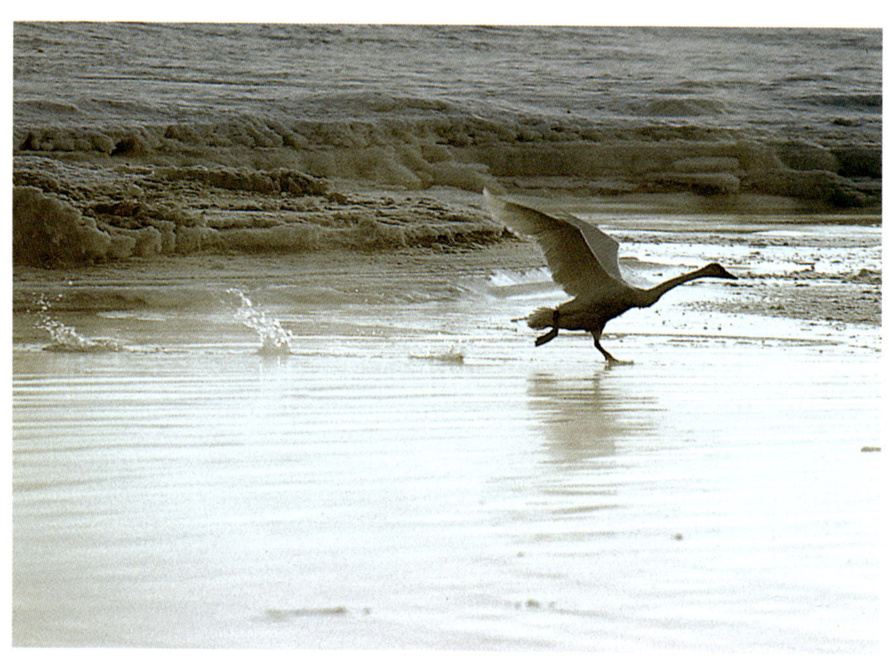

지레 겁먹고 도망치진 마, 바보같이 말야

자신감의 첫 시작은 내가 누구인지 아는 거야

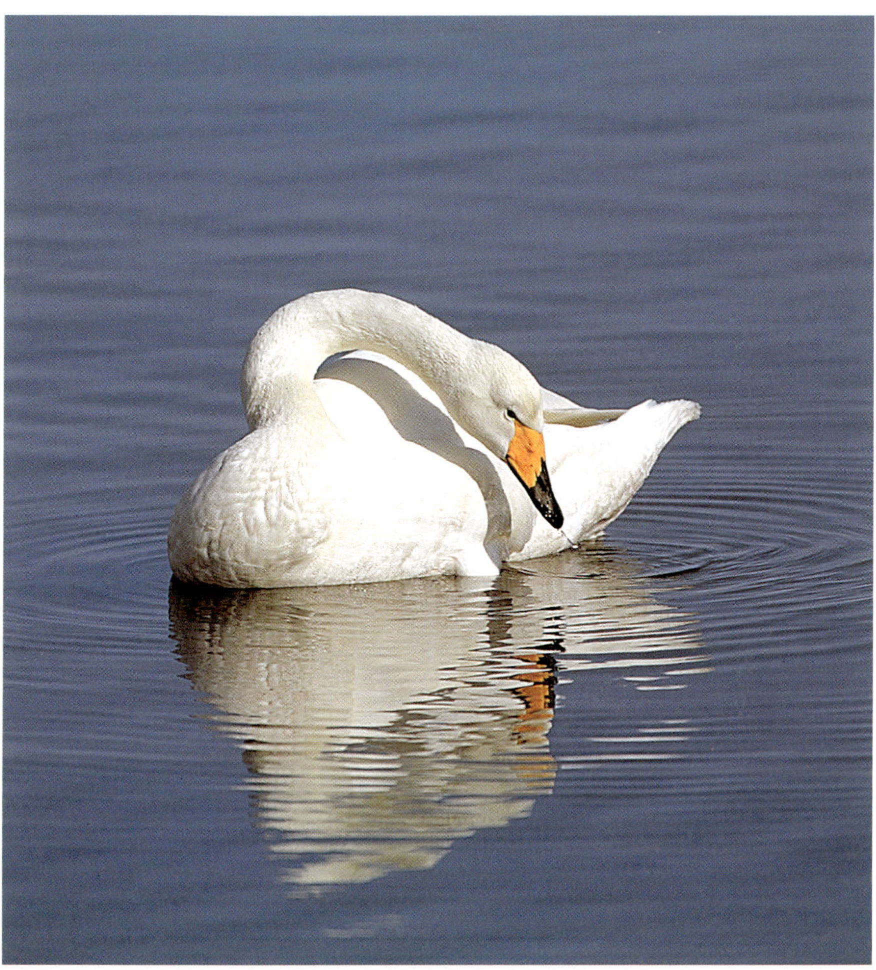

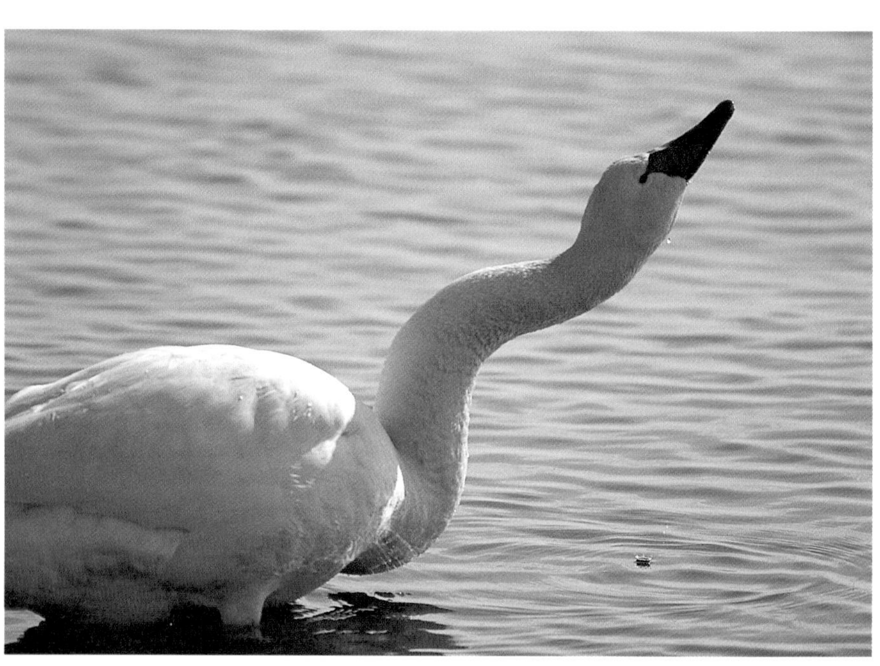

다시 눈을 뜨면 부드럽게 감싸 오는 햇살에

색소폰처럼 목이 메인다

세상과 자신에게서 좋은 것을 찾아봐

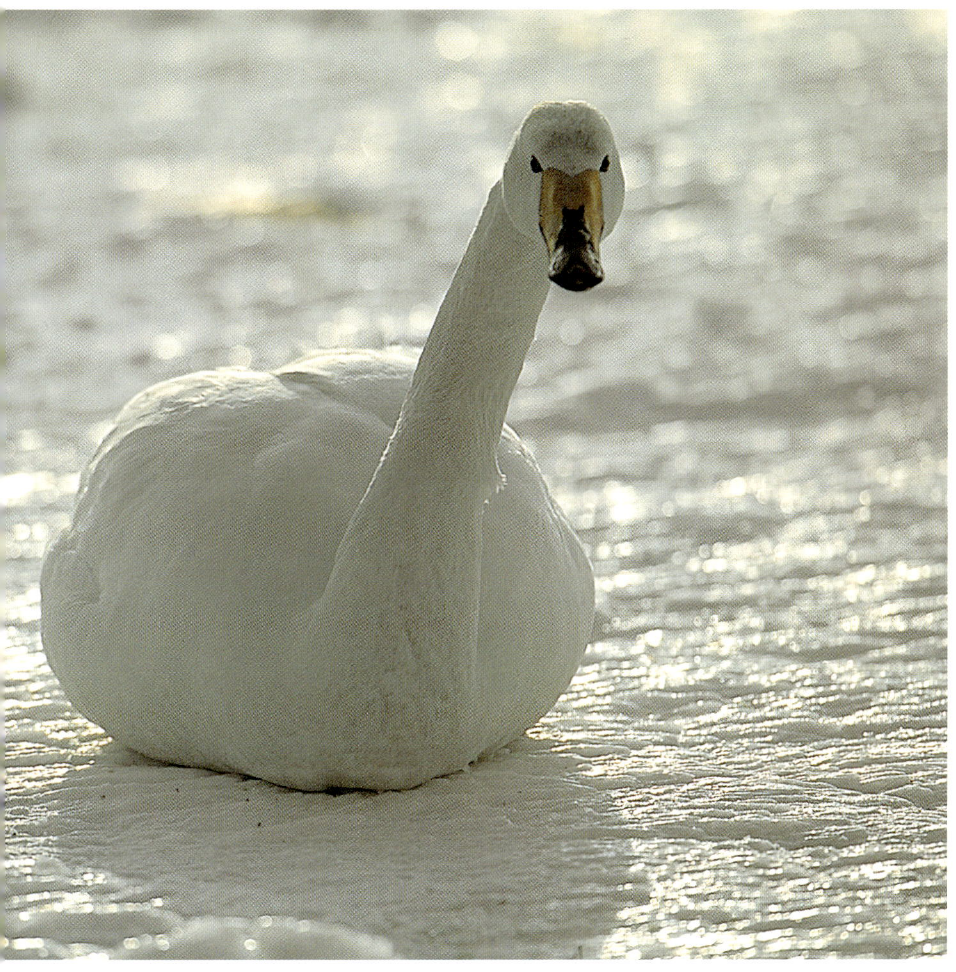

좋은 것에 마음까지 푹 담그면 슬픔도 기쁨이 되잖아

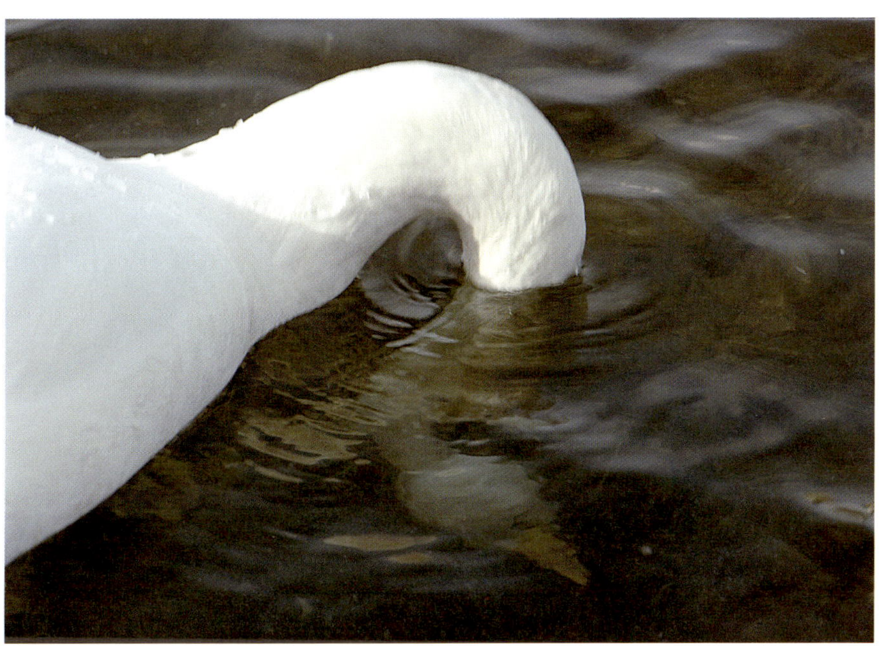

어디로 가고 싶은지, 뭘 할 건지

　　혼자가 되어 생각해 봐야 겠어

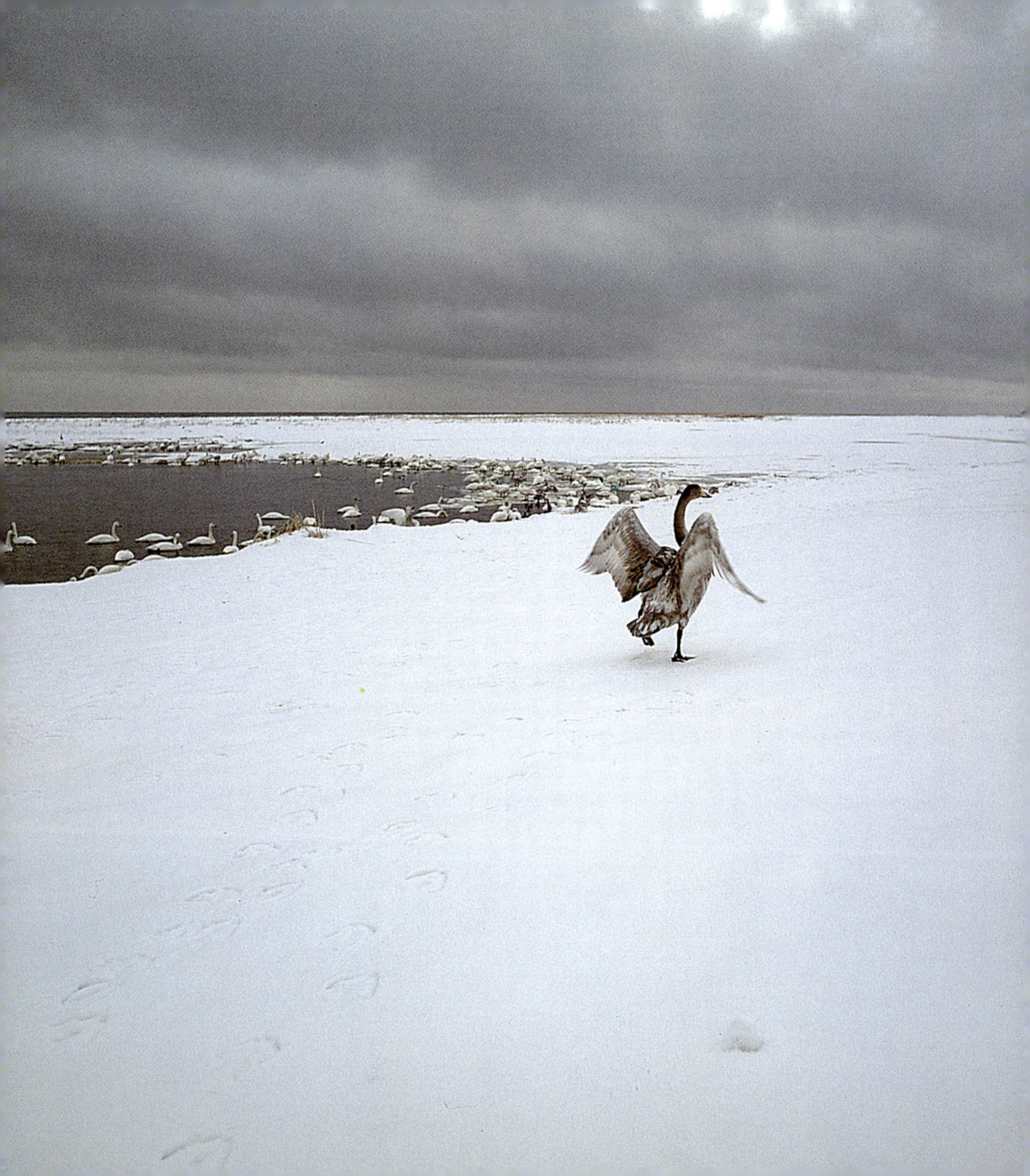

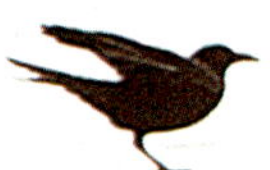

그동안 잘못을 내 탓이라고 말하긴 어렵지

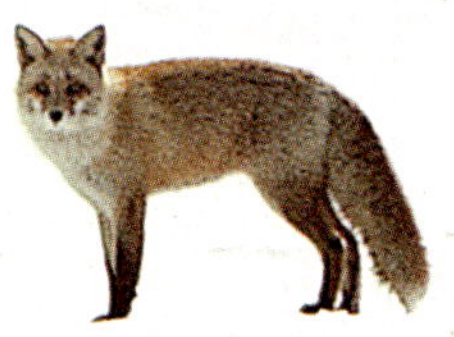

내 탓이라고 하는 순간 일이 술술 풀리고 가슴엔 빛으로 가득 차

낙천적이고 긍정적인 생각만 해 봐

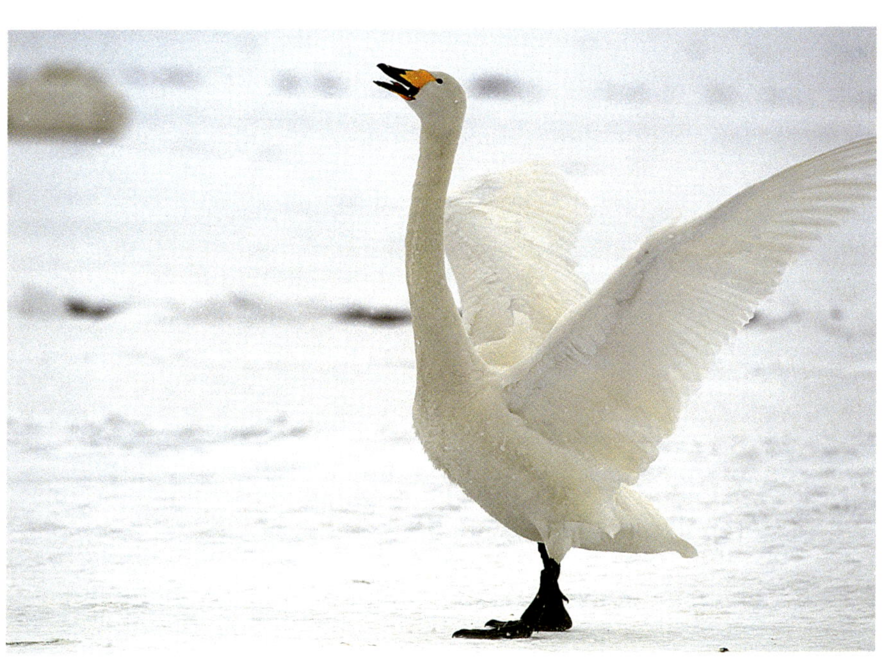

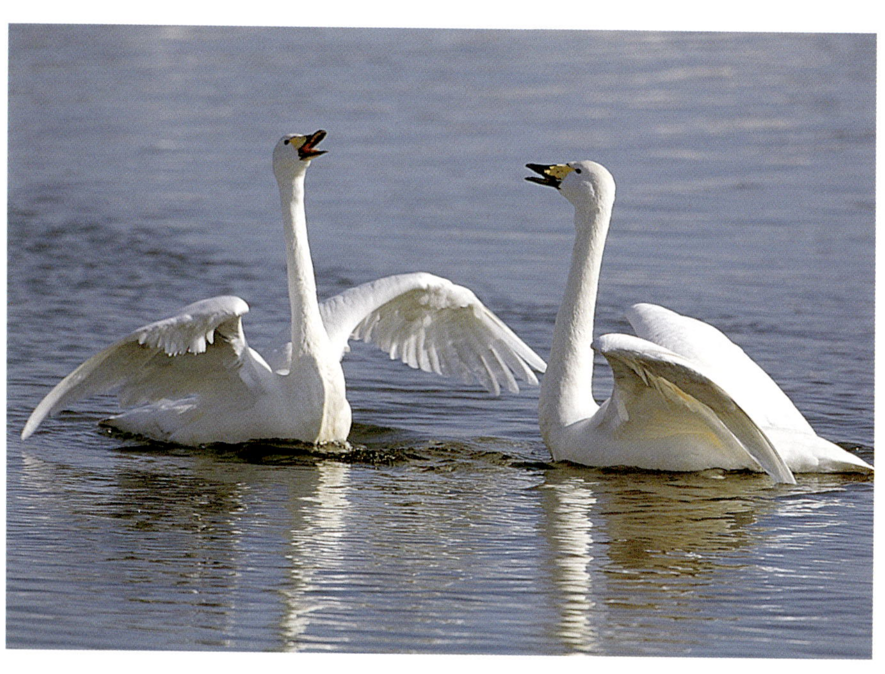

자신을 쭉 지켜봐 준 친구가 누군지 생각해 보구

방가방가, 외칠 절실한 누군가가 없으면

인생은 의미가 없어

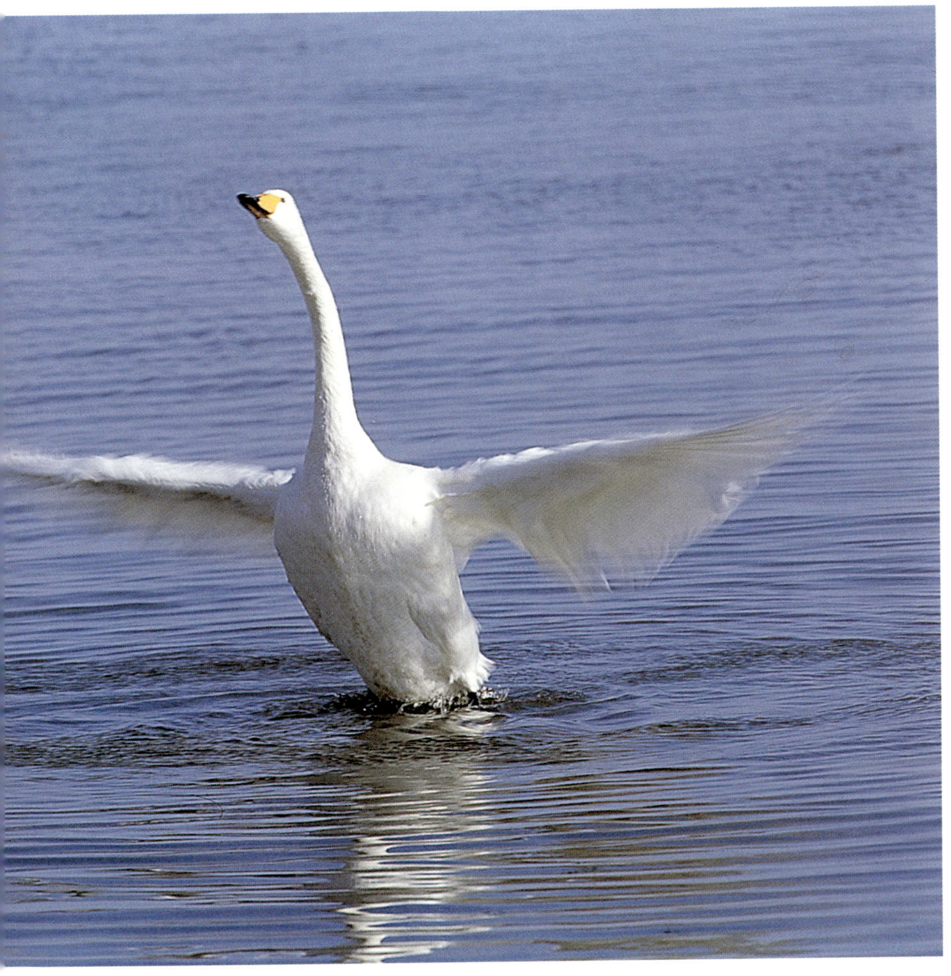

흐음, 은은한 너의 체취, 지워지지 않는 감촉

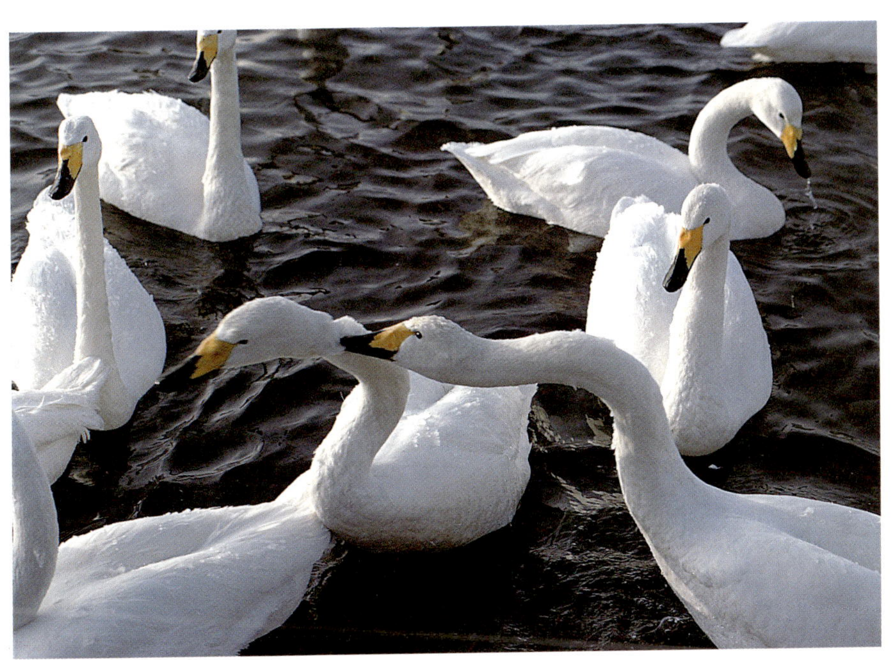

너는 내 신경을 건드려, 네 모습이 자꾸 눈 속에 스며든다

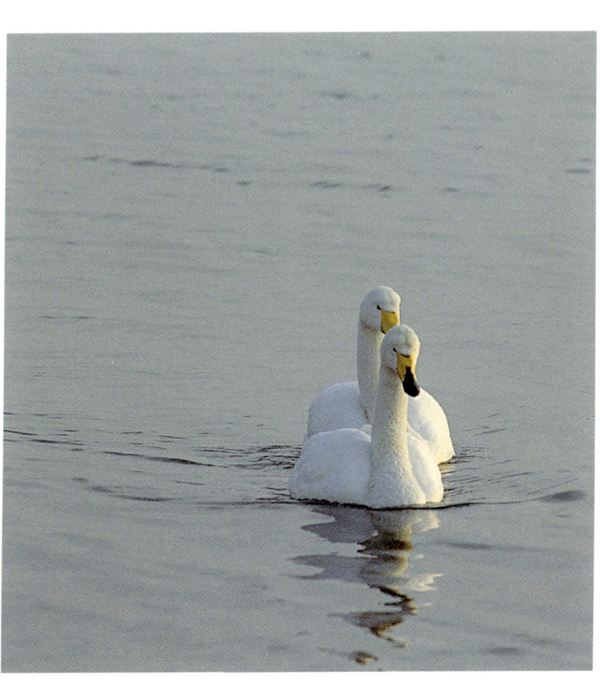

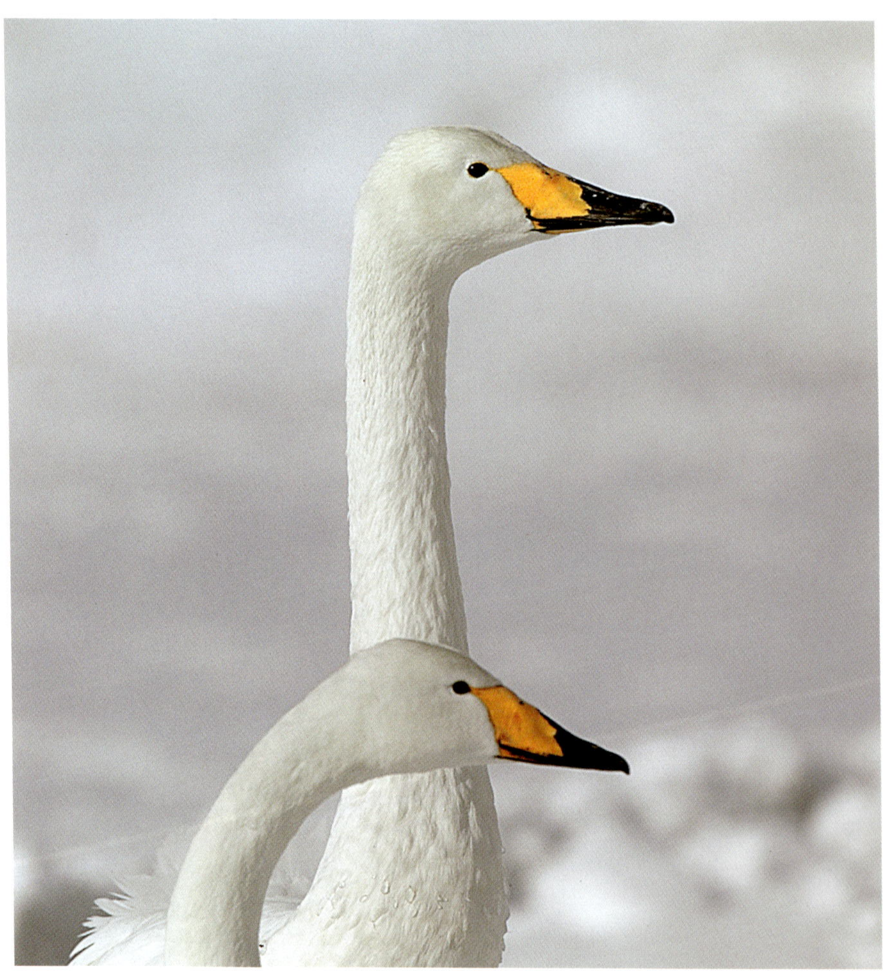

사랑은 감싸 주고, 앞으로 나가고, 지켜보고, 기다려 주는 것

우리 사랑 100% 순면팬티처럼 부드러워요, 스위티해요
과연 그럴까요?

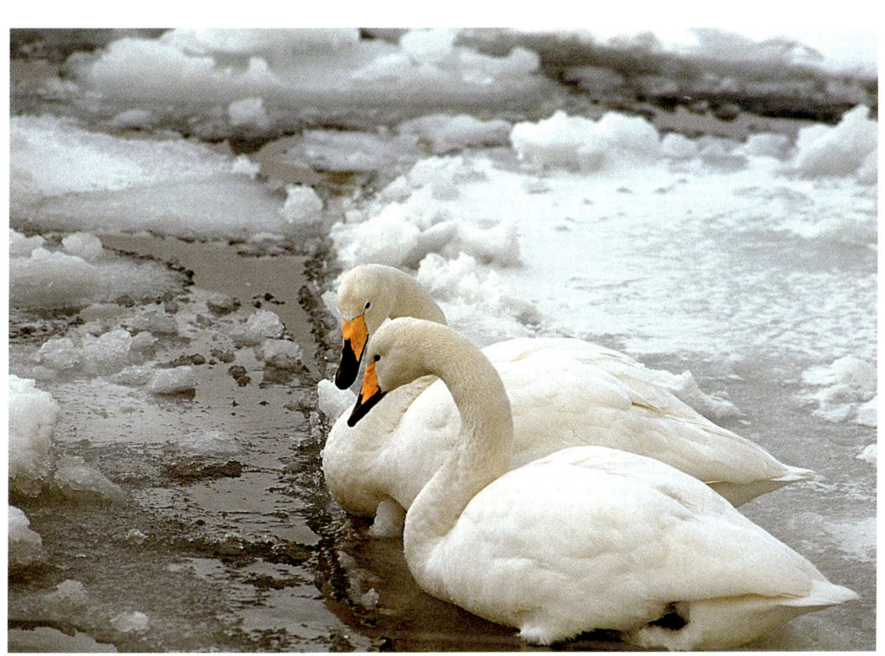

같이 붙어 있지만 서로 딴 생각하기 시작했어요

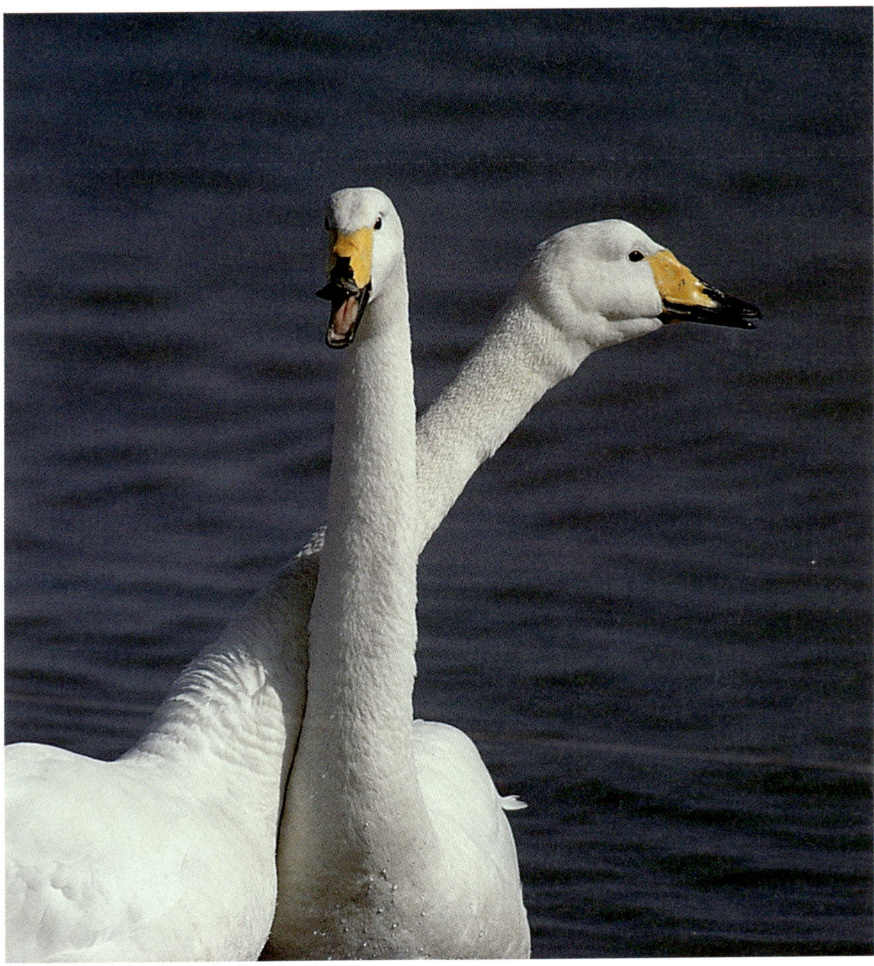

아니, 향긋한 햇살 속에서
사랑인지 싸움인지 모를 정도로 눈물범벅으로 엉켰군요

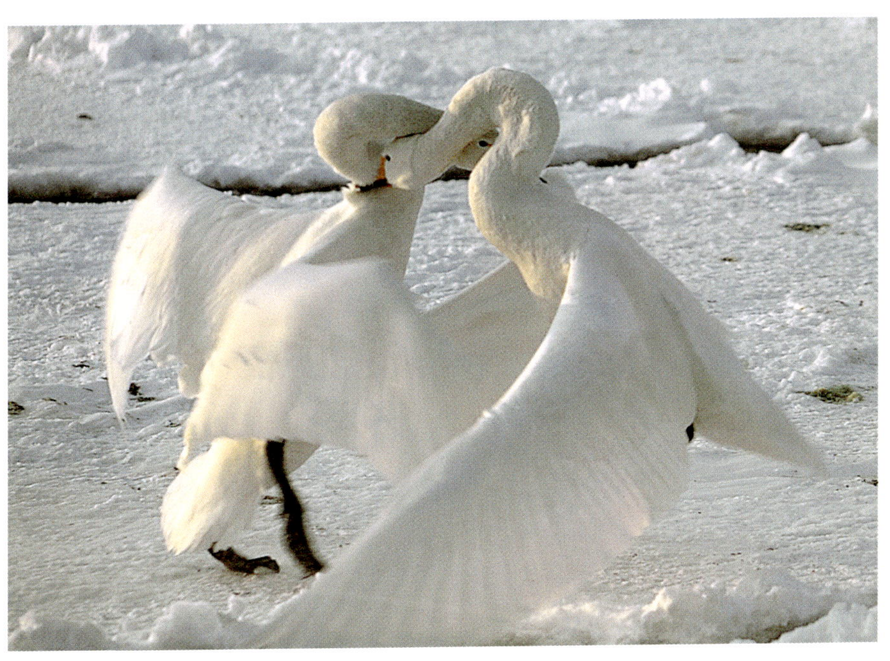

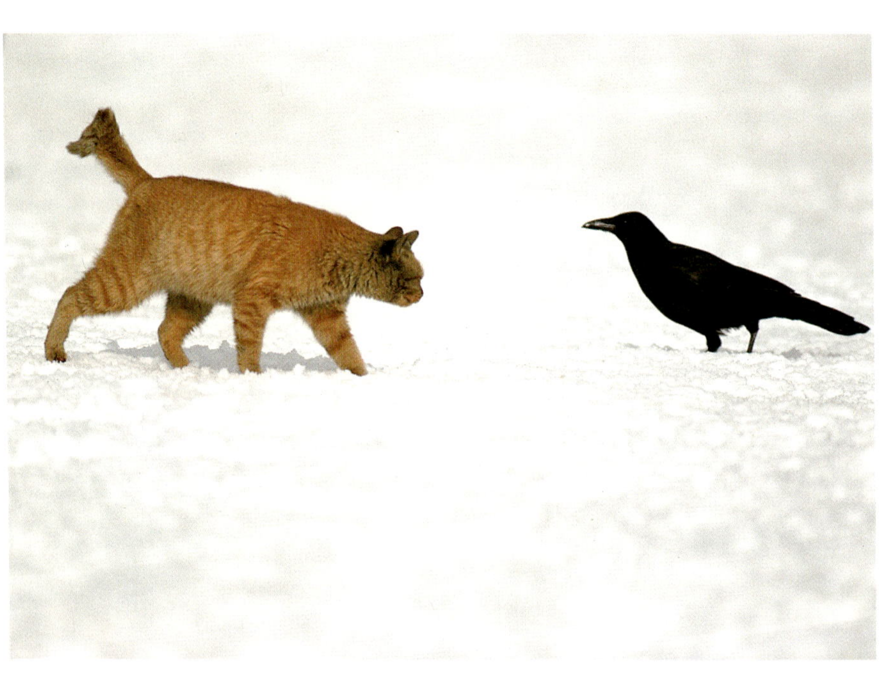

도대체 사랑이 뭐지?
존중이 사랑보다 먼저인 걸 아니
모르는 척 지나칠 때 잘 해 봐

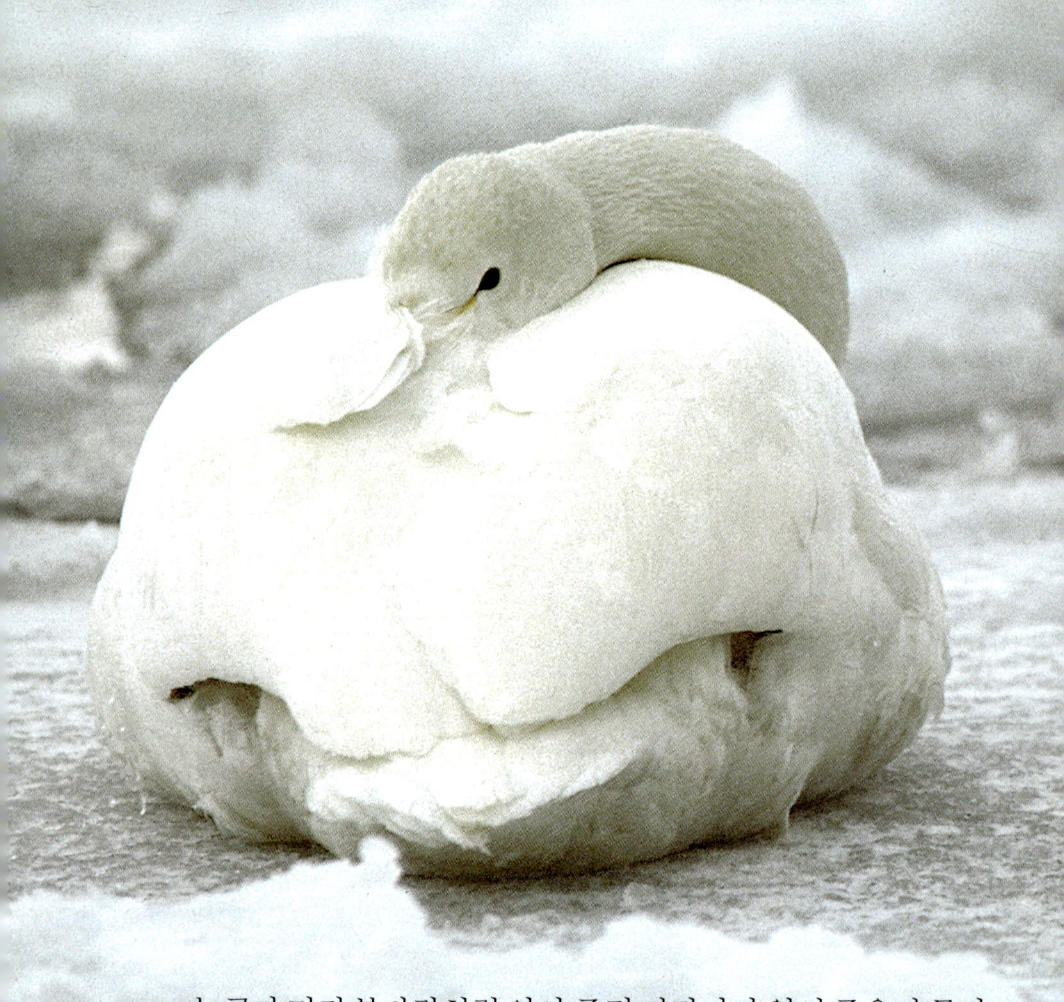

누군가 먼저 봄바람처럼 안아 주길 바라다가 얼어 죽을지 몰라

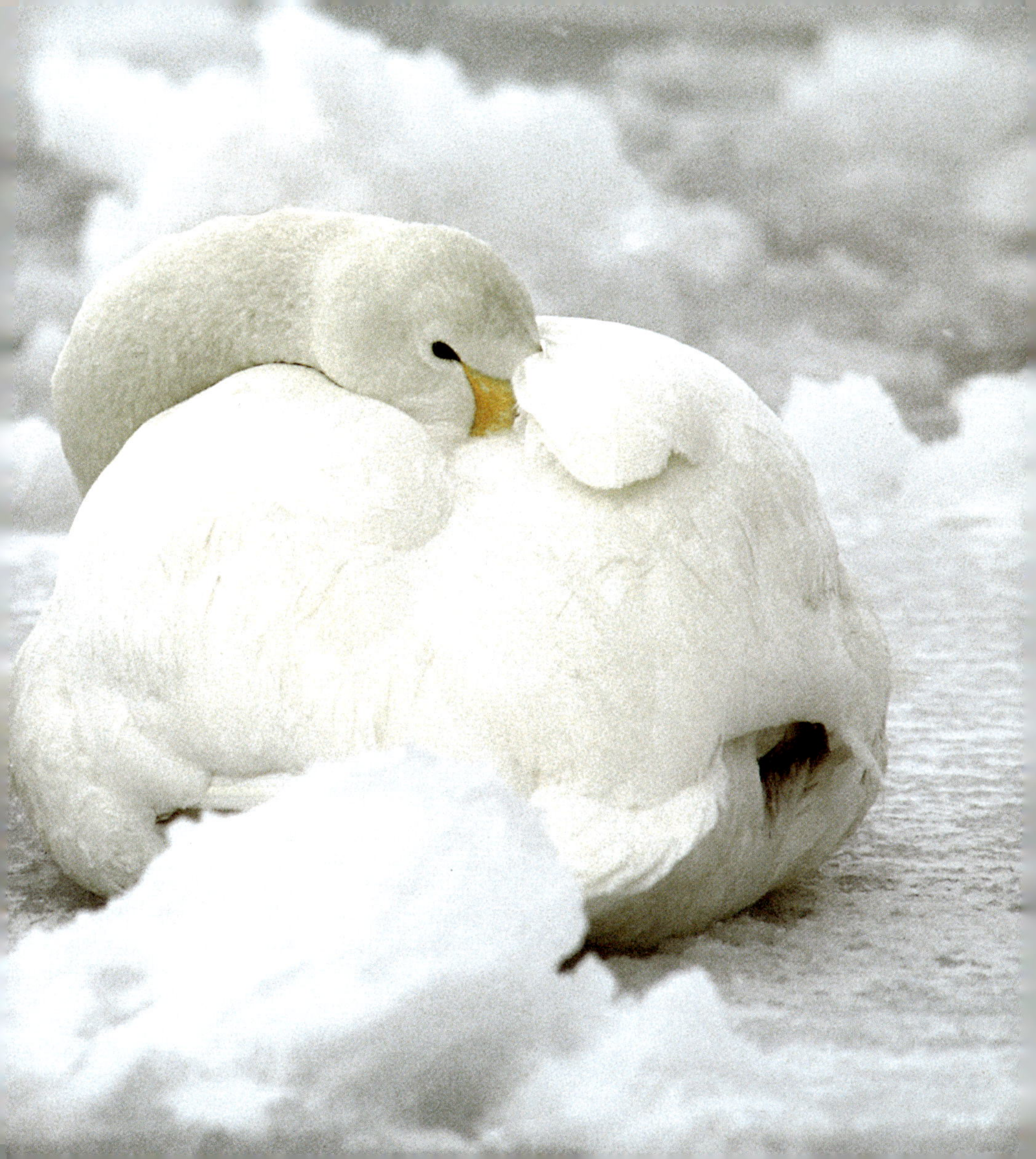

둘만의 사랑만으로 부족해요
좀 더 라이브한 느낌으로 살고 싶어

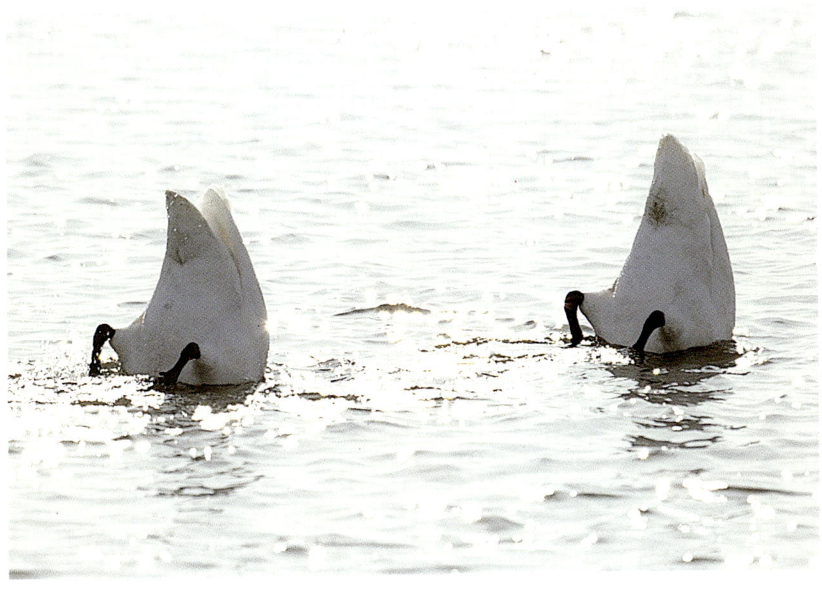

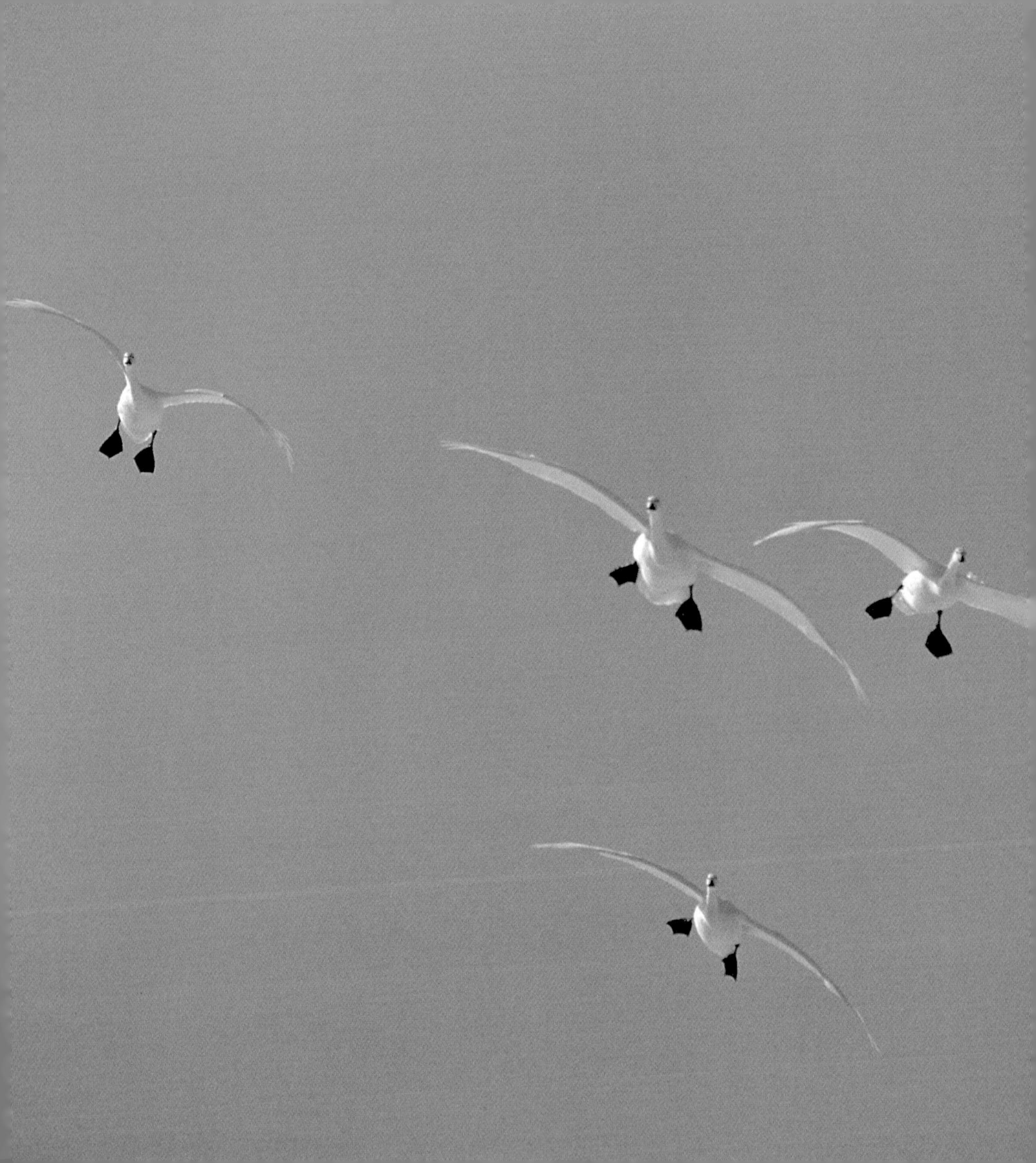

보세요, 장화 발로 뛰어오는 친구들을

사랑만큼 우정도 중요해요

우정의 스페셜, 농담의 디저트

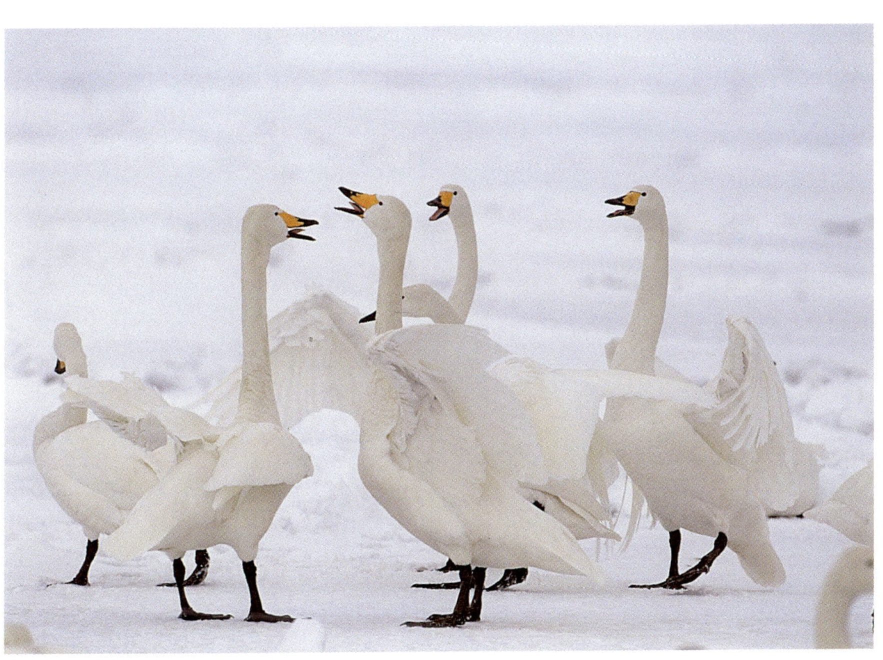

내일 하늘에서 오렌지가 우박처럼 쏟아진대

정말?

농담이야

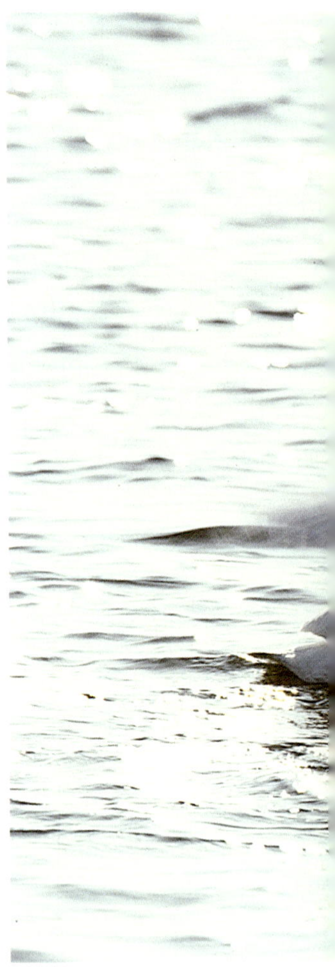

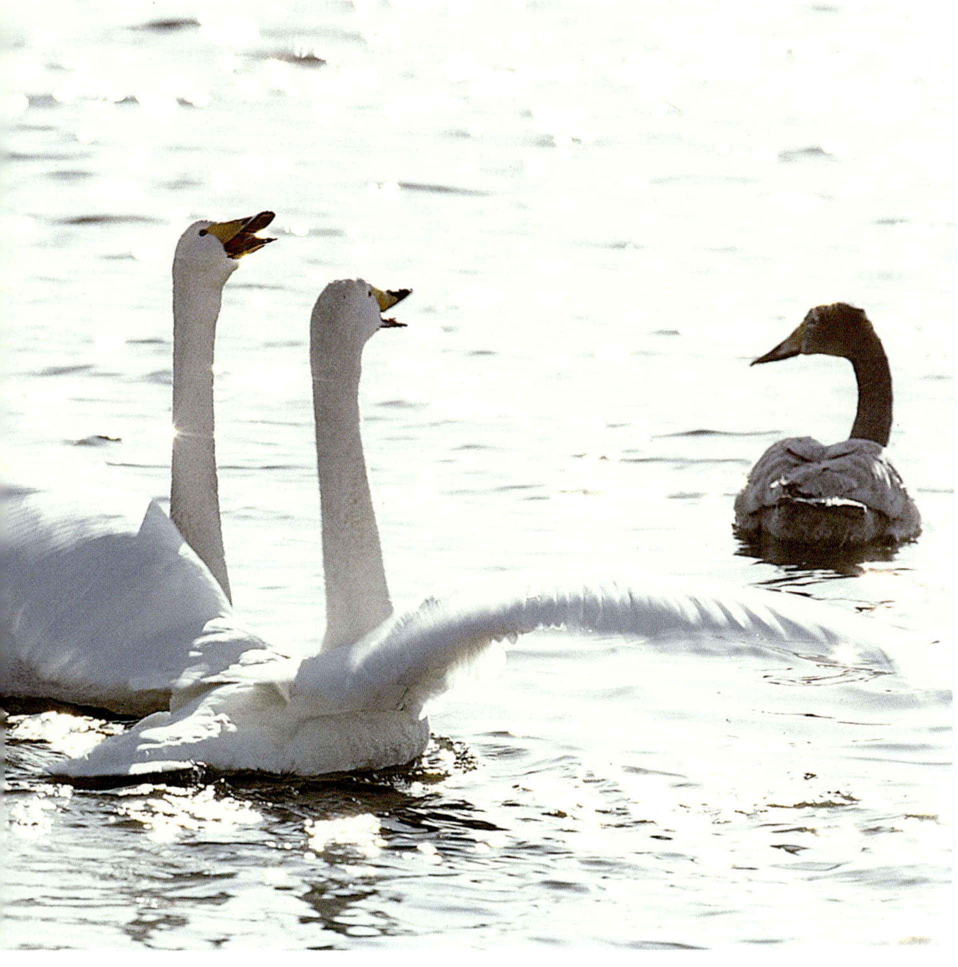

내가 좋아하는 친구들이 날 좋아한다는 게
이렇게 기쁜 건지 몰랐어

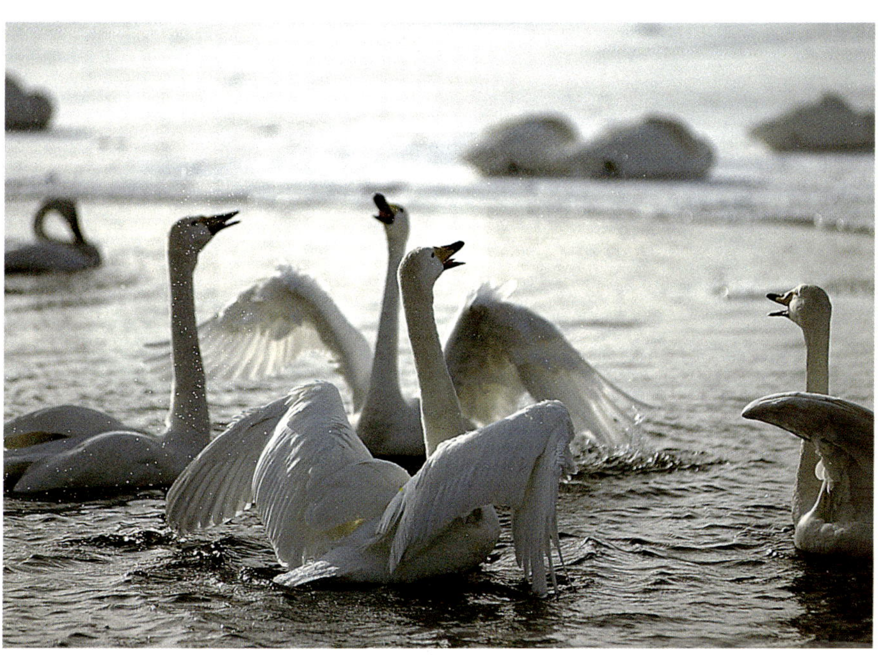

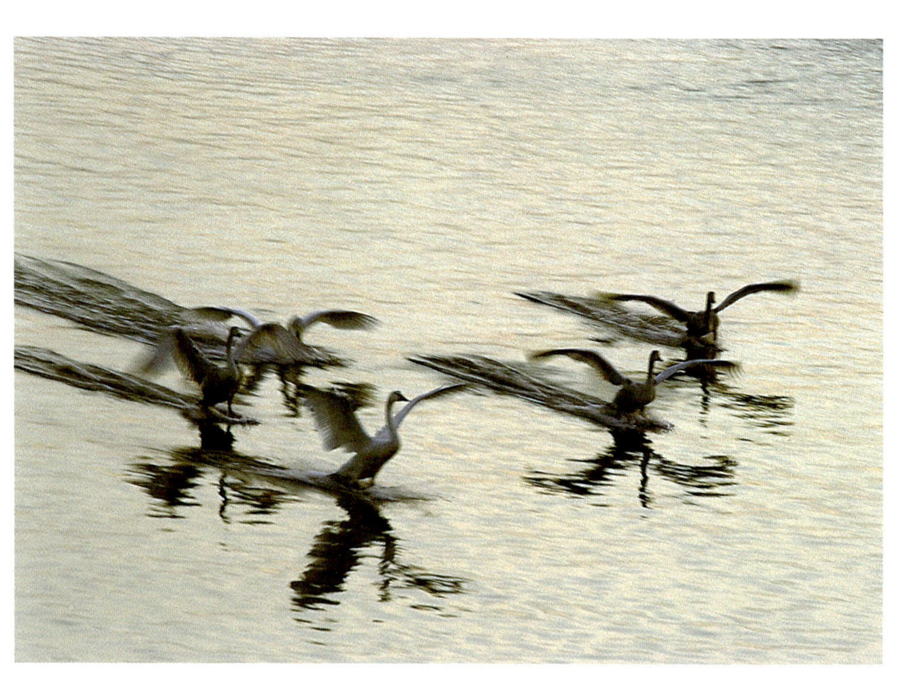

우리는 터프 가이, 터프 걸

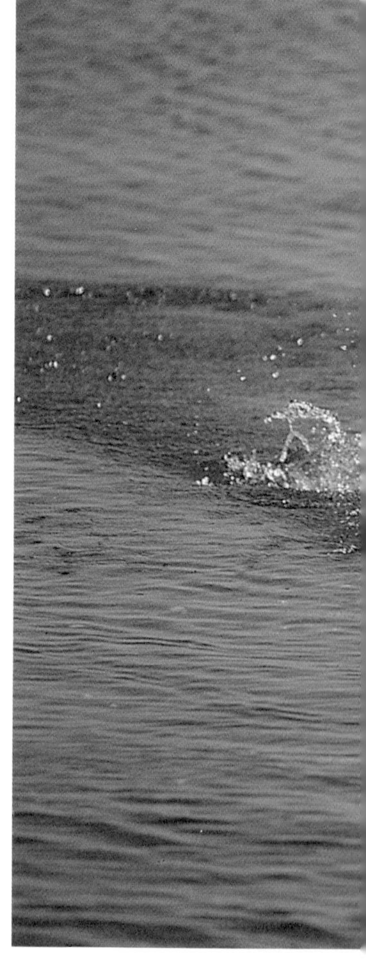

수상 스키도 거뜬히 해치운다

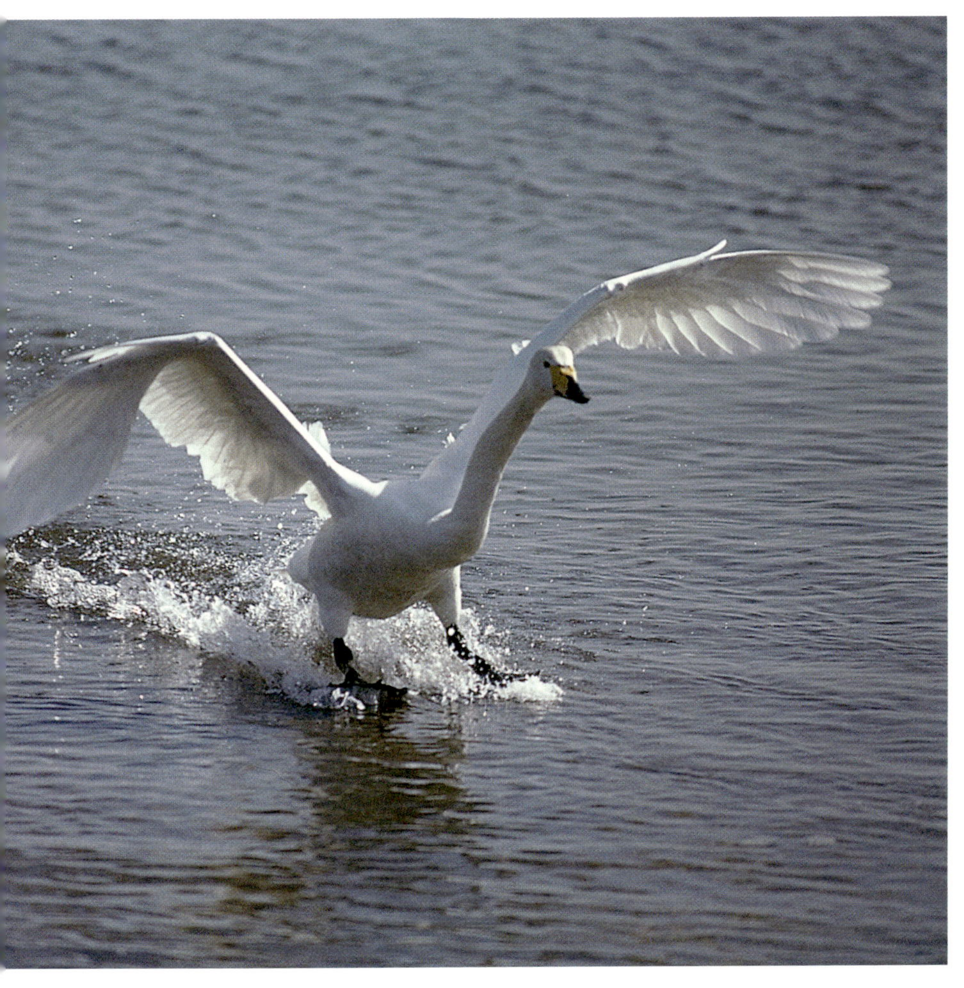

다투며 화해하는 과정이 골 아프지만 함께하는 건
역시 최고의 시간이야

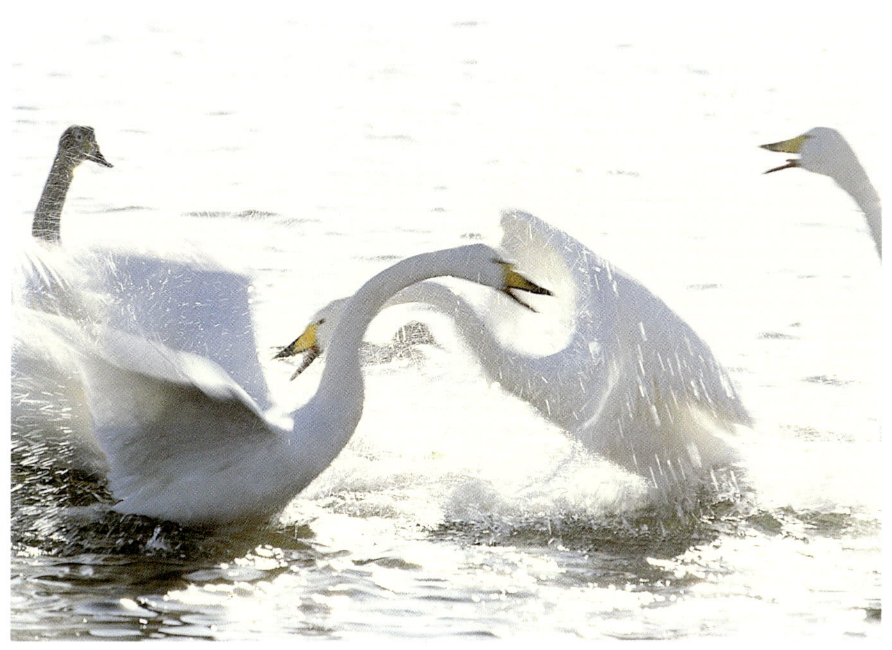

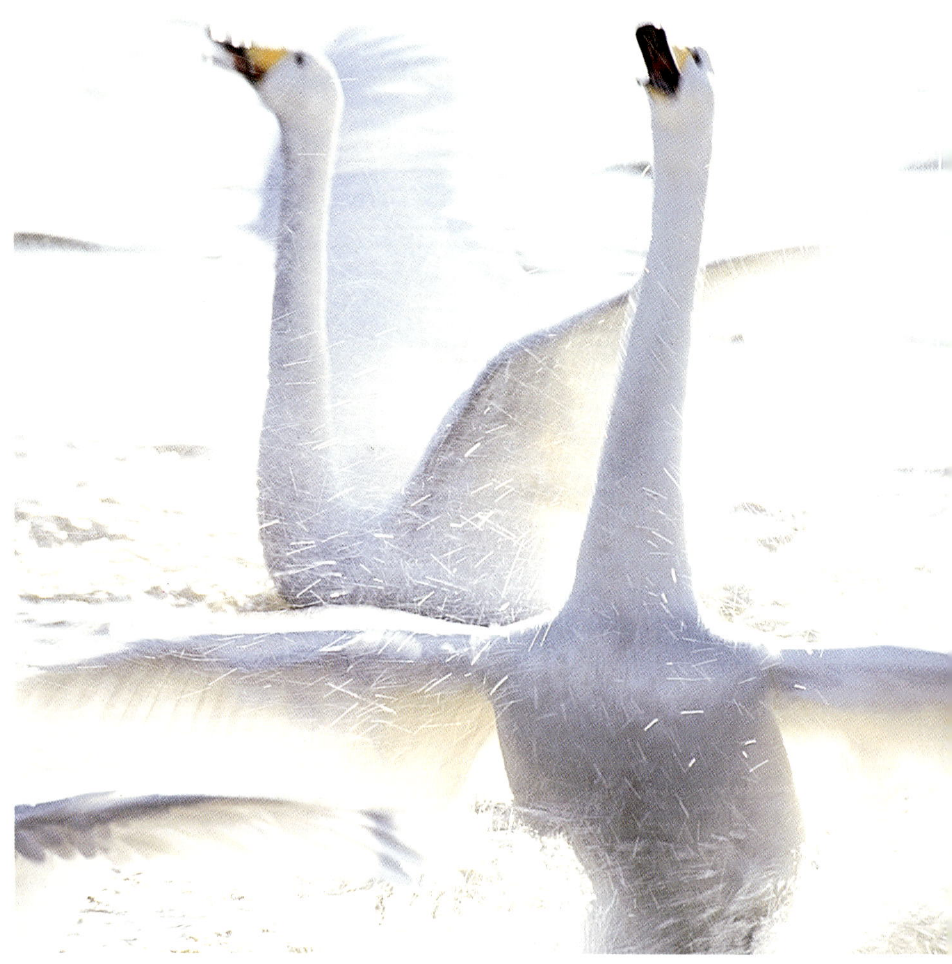

아아아하아~ 당신도 이 오르가즘을 느껴 봐

수상 발레에 홀린 친구

보기만 해도 이쁘고, 물은 비단처럼 매끄럽고

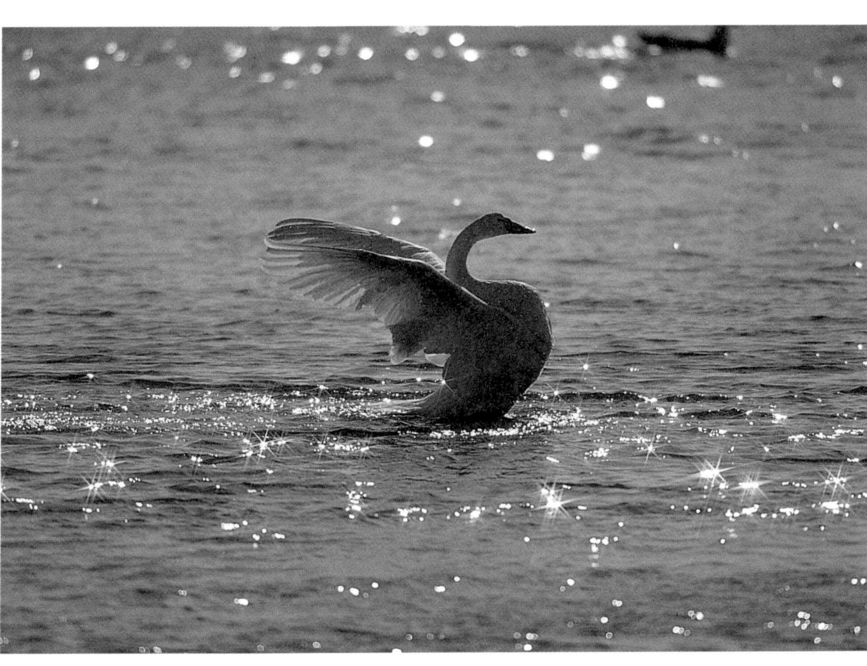

시간이 천천히 흐른다

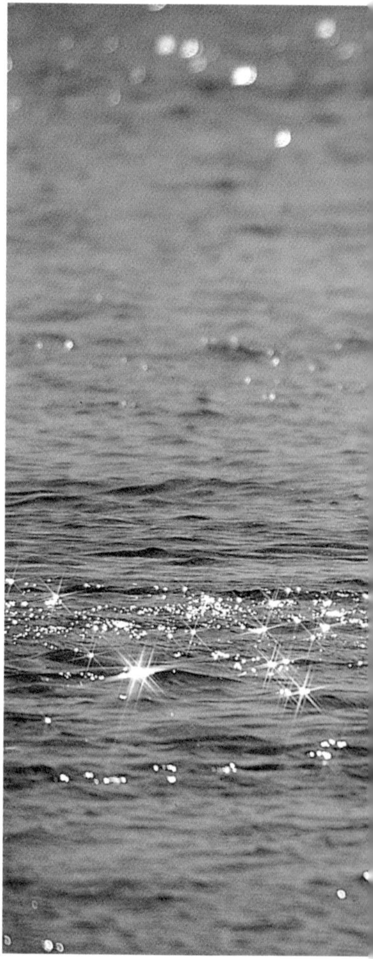

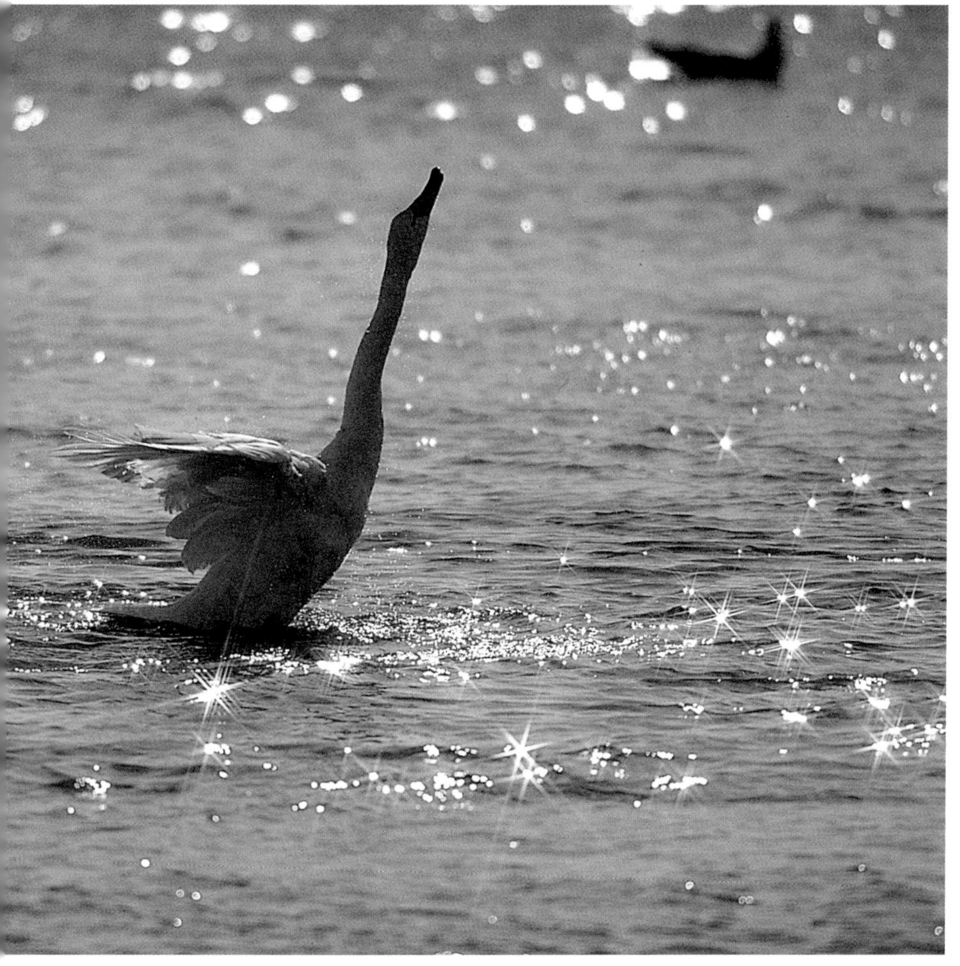

슬로 타임, 슬로 커플……
많은 생각을 부르고 추억이 머무는 이곳

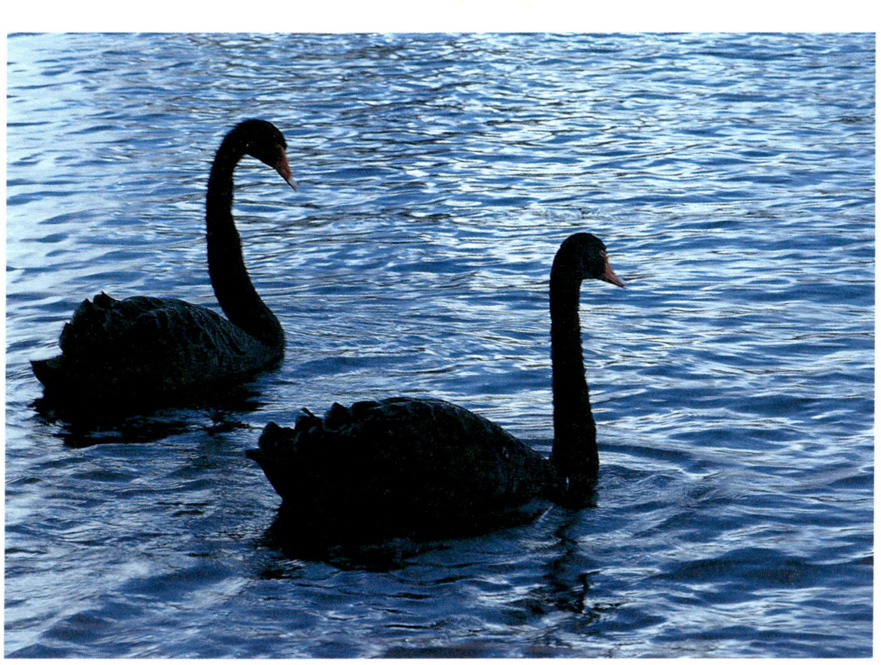

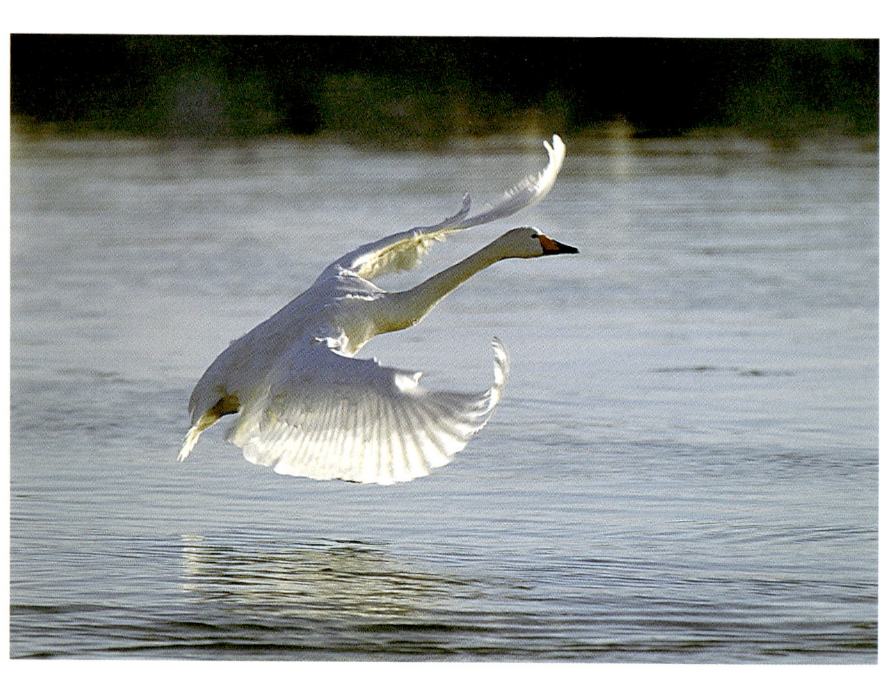

잊고, 잃기만 하는 장소라 생각하면 슬퍼져

새로운 추억이 날 기다린다 생각하면 얼마나 삶이 눈부신데

참 많이 울먹이면서 뒤통 맞고, 하는 일마다 서툴지만

다들 위대한 인생을 사는 거야

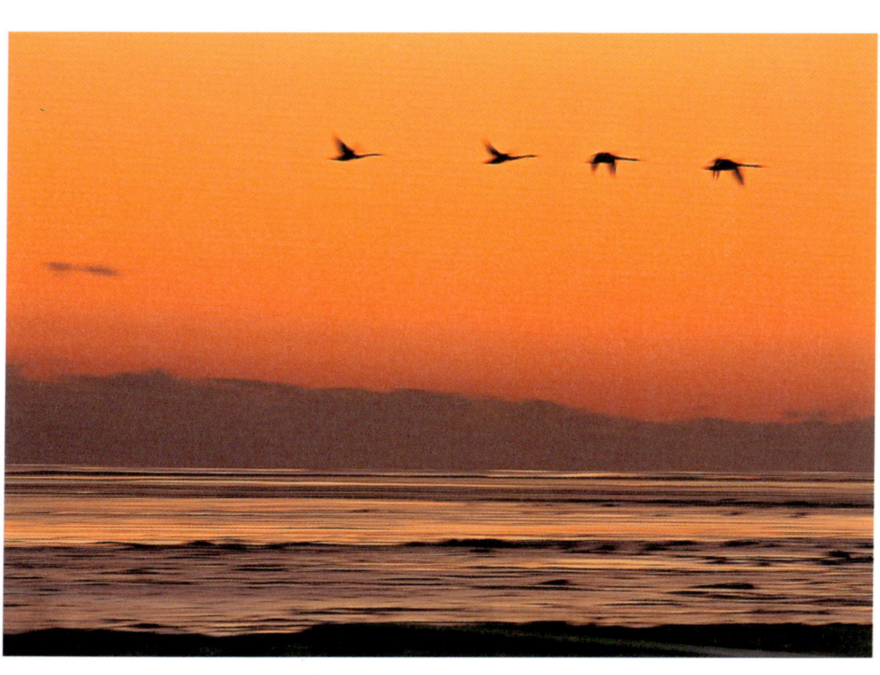

온갖 아름다움을 포근히 끌어안고 느끼며 감동해 봐

어서, 영혼에 새 힘을 불어넣어 봐

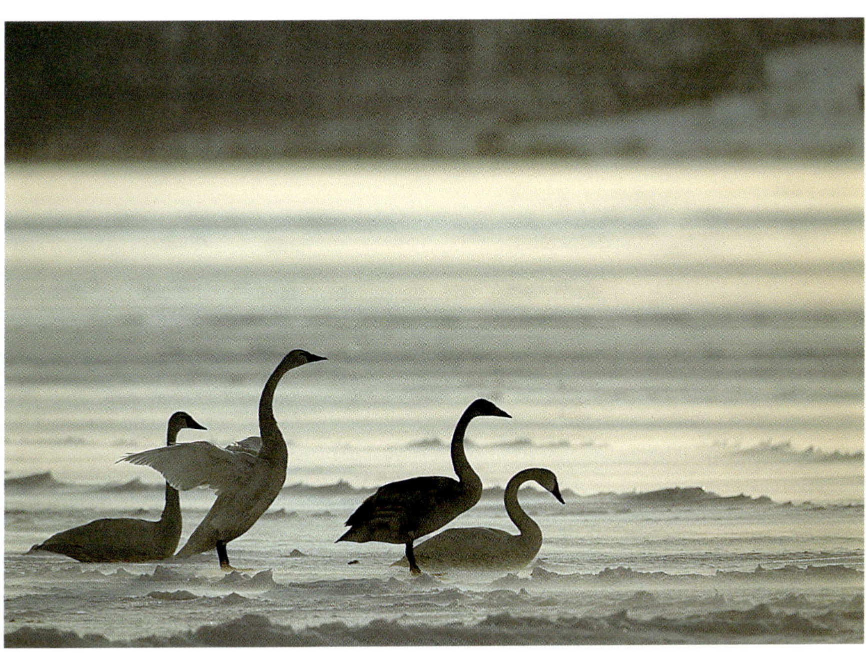

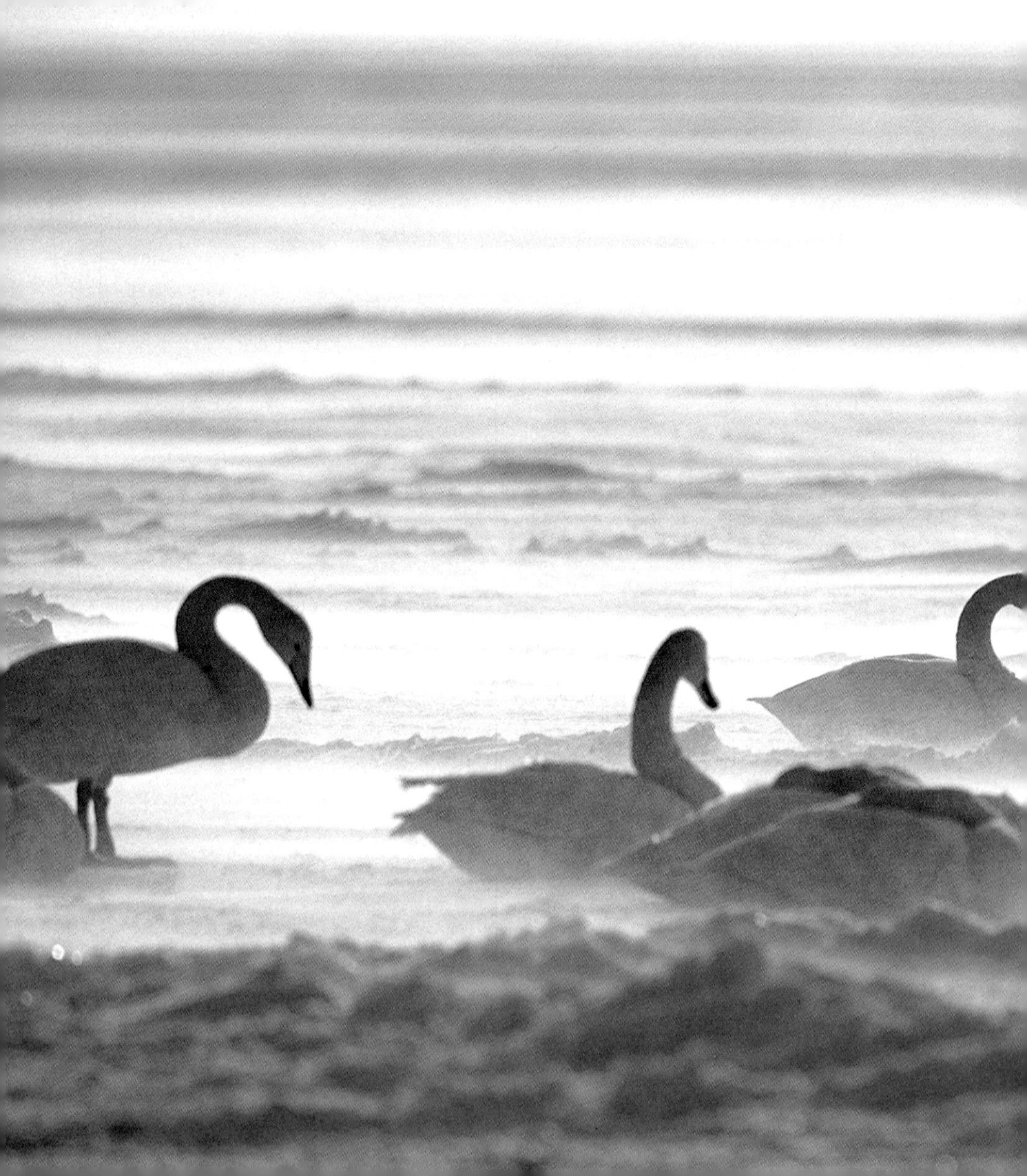

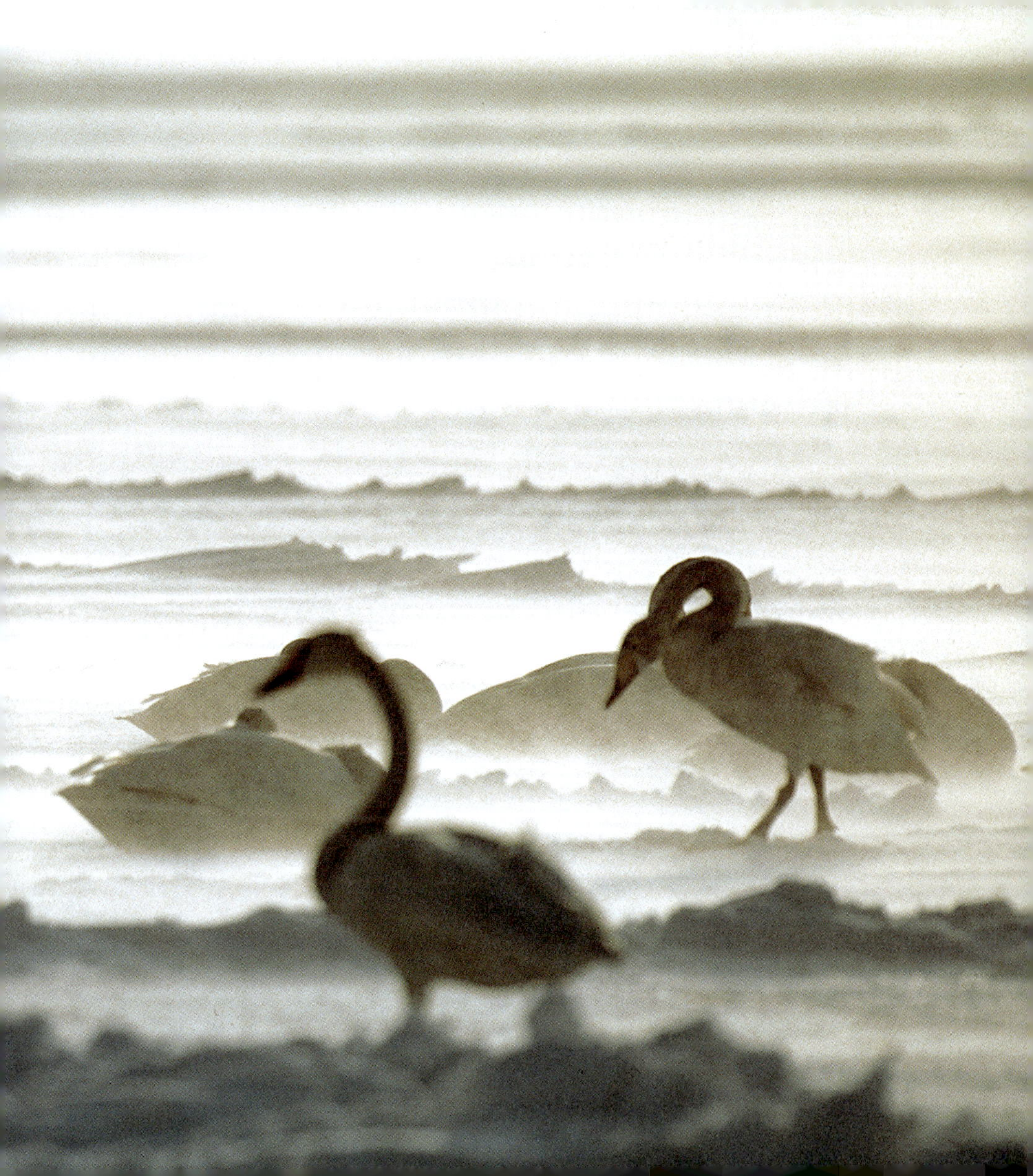

마음이 차분하고 고요할 때 더 큰 능력이 생기니까

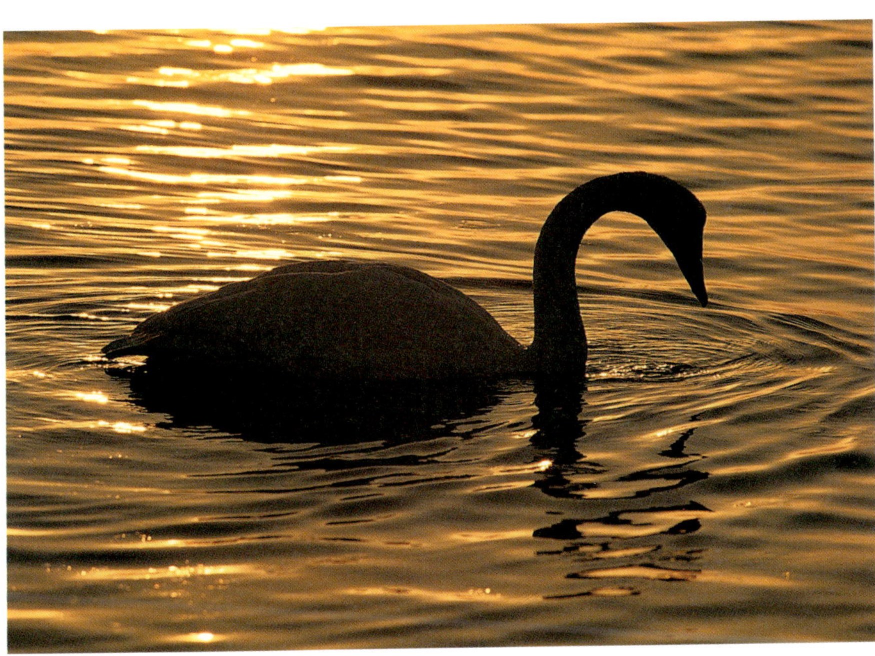

인생이 춥고 힘들수록 홀로 서기를 배워야 해

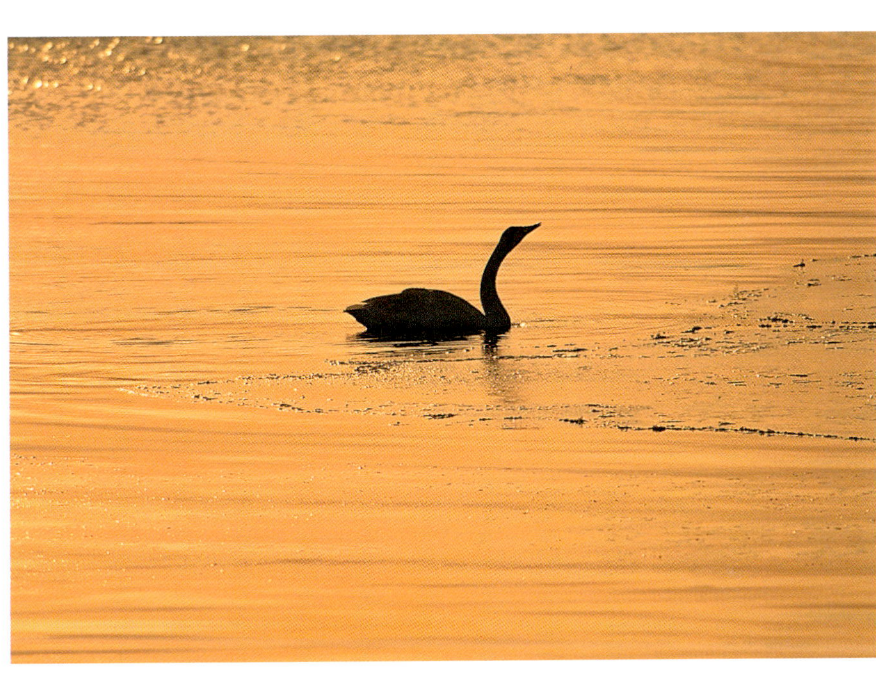

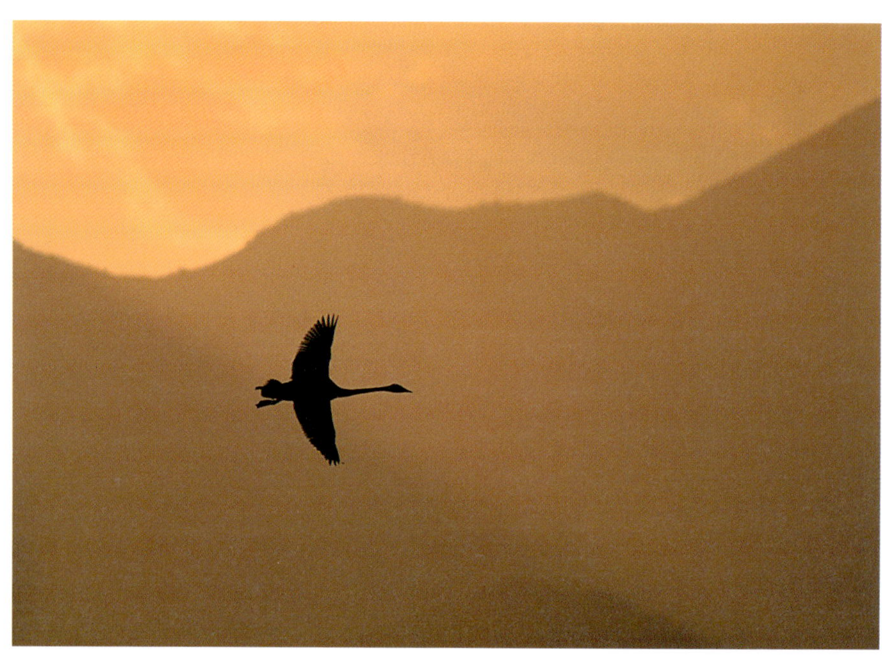

뭐든 다 고마운 거야

감사할 줄 알아야만 더 많은 복이 오잖아

발자국마다 그리운 내음이 일렁인다
　　아, 로맨틱한 바람이 내 안에 불고 있어

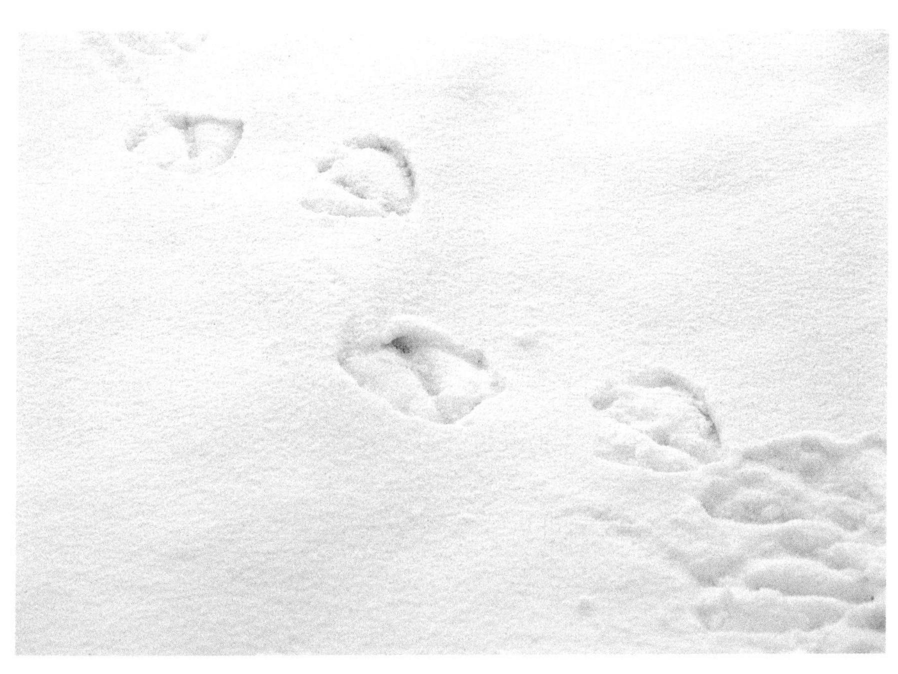

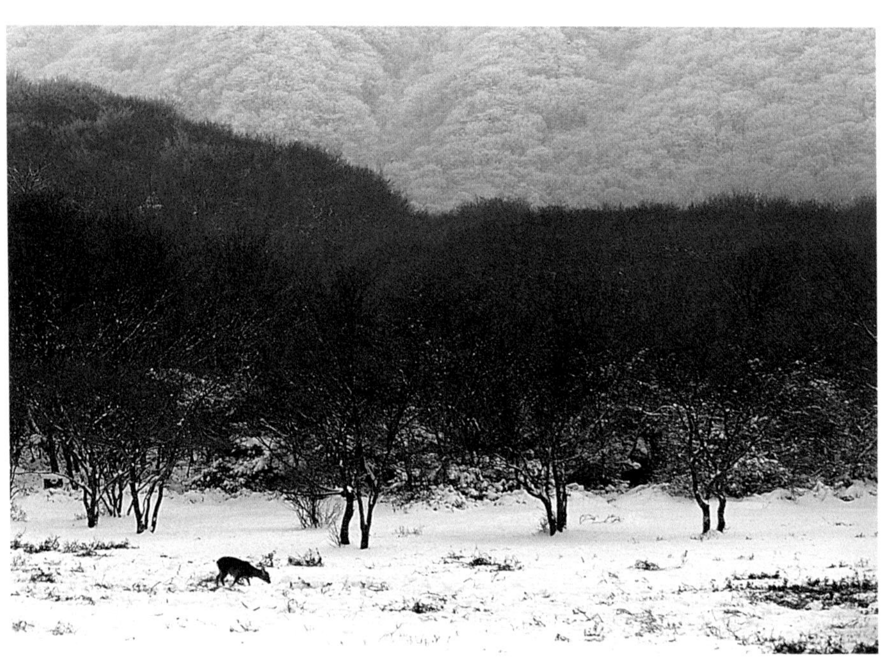

아직 이 세상은 춥고 쓸쓸하지만은 않아
비와 눈이 내려도 언제나 해가 떠오르잖아

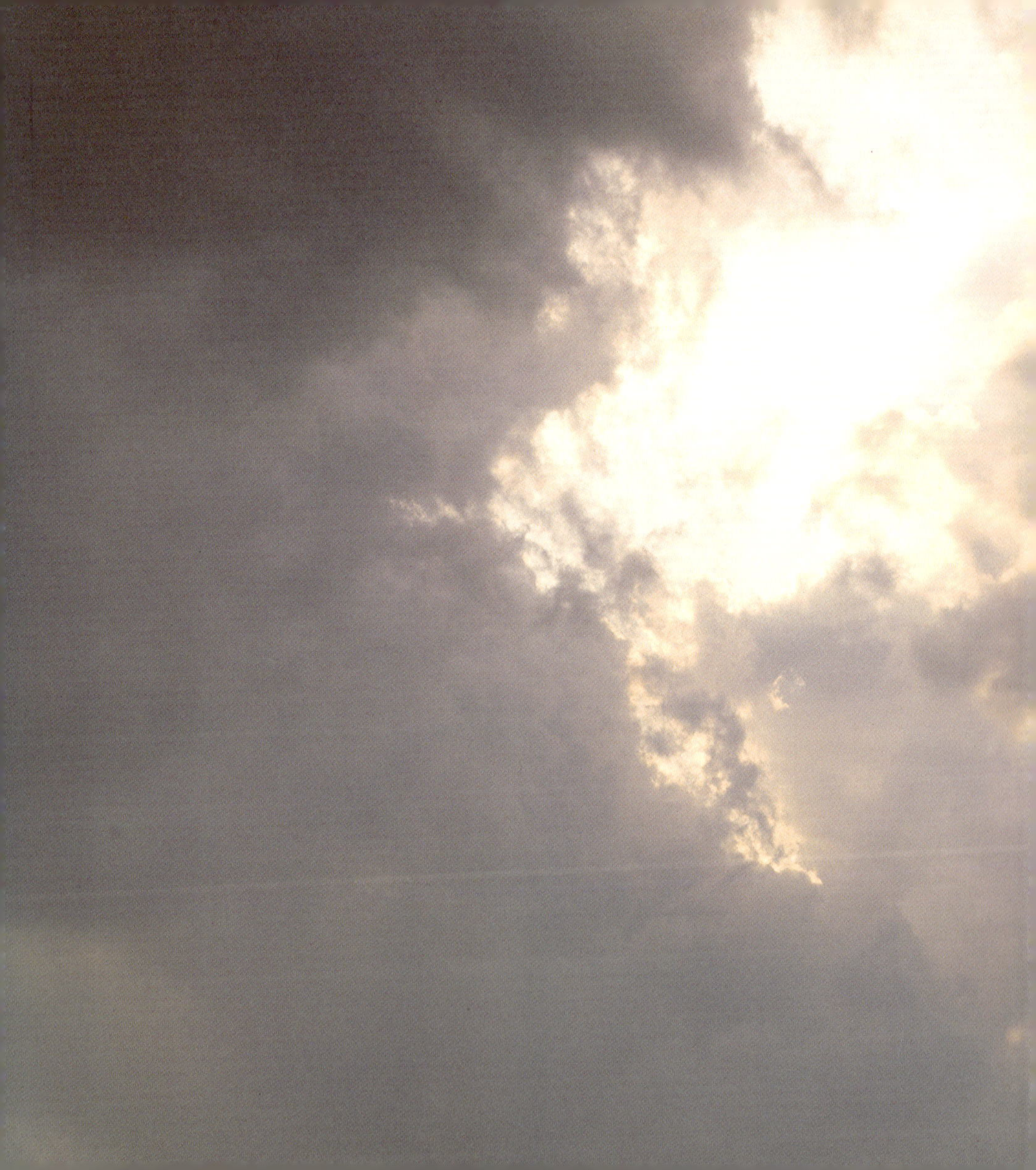

●밝은 빛에 젖어 열린 눈은 늘 좋은 볼거리를 원한다. 마음을 촉촉이 적셔 주어 몸까지 유연해지는 볼거리……. 아름답고, 놀랍고, 새로운 빛으로 가득 차서 좀체 마음에서 떠나지 않을 책을 만나고 싶다. 또한 창작자로서 그런 멋진 책을 만들고 싶어, 언제나 절실하게 작업한다.『우리에게도 따뜻한 날이 올까』이 책도 누군가에겐 그런 멋진 책이 될 것이다.

시대가 참으로 척박하여 제대로 생존하기도 힘겹다는 느낌이다. 여름에도 마음 추운 때가 많고, 봄가을도 스산하고, 우리 가슴에 희망의 내복, 사랑의 난로 하나를 품지 않고는 도저히 겨울나기도 힘들다. 이런 어려운 때에 잠시나마 이 책은 누군가에게는 희망의 내복, 애틋한 사랑의 난로가 될 것이고, 누군가에게는 자기 계발을 위한 매력적인 조언자가 될 것이다. 우울하고 답답할 때 보면 청량음료처럼 시원스레 갈증을 풀어 주고, 정성스레 마련한 선물처럼 가슴 훈훈하고 달콤하리라. 그랬으면 좋겠고, 그러리라 기대해 본다. 잠시 이 책이 나오기까지의 우여곡절을 살짝 풀어 보고 싶다.

내 작업의 원칙 중의 하나는 남의 사진에 글을 쓰지 않는다는 것이다. 이는 사진을 전공한 나의 분명한 색깔을 오래 간직하고 싶은 이유에서다. 남의 사진에 글을 써 달라는 청탁이 계속 있어 왔다. 번번이 미안한 마음으로 거절하였고, 이번 경우도

예외는 아니었다. 사진을 보지 않고 두 번이나 거절한 나는 민음사 대표이사님으로부터 애쓰는 편집자를 위해 직접 사진을 본 후 '아름다운 거절'을 하는 게 낫지 않겠냐는 권유를 받았다. 그런 후 담당 편집자가 가져온 사진을 보면서 나는 도저히 거절을 할 수가 없었다. 사진에서 영감이 느껴졌고, 그 어떤 상큼한 기운에 기분 좋게 이끌려 갔다. 내가 아는 백조의 이미지는 차이코프스키의 「백조의 호수」와 동물원에서 본 것이 전부인데, 이렇게 야생적인 백조의 모습은 내 마음을 흔들고 쉽게 놓아 주질 않았다.

결국 생태 사진작가 유범주 선생님이 우리나라 및 일본 홋카이도에서 찍은 600컷이 넘는 백조들의 생태 사진에서 50여 컷을 골랐다. 찬찬히 내 마음이 흘러가는 대로 순서를 잡고 사진 트리밍도 하면서 글을 써 가기 시작했다. 아주 긴밀하고 즐겁게 써진 글. 역시 마무리는 쉽지 않았다. 눈이 침침해지도록 고민하여 만들어진 이 자그마한 책자. 먼저 저 하늘을 나는 새들에게, 백조에게, 동물들에게 바치고 싶다. 그리고 세상의 아이들, 젊은이들에게, 자연을 사랑하는 모든 이들에게 보여 주고 싶다. 새삼 내 가슴에 다시 새기고 싶다. 인간이 세상에 남길 유산의 가장 먼저의 것은 대자연이란 예술임을……

신현림

● 나는 어머니가 그리워질 때마다 백조를 생각한다. 어머니는 젊으신 나이에 하늘나라로 가셨다. 마음을 비우고 오른 오래전 여행길에서 백조를 만난 이후로 줄곧 백조는 내 마음속에 자리하고 있다. 잔잔한 수면 위를 미끄러지듯 헤엄치는 백조의 모습은 사람들에게 무한한 꿈과 아름다운 세계를 펼쳐 준다. 흰 눈이 호수에 쌓이고 앙상한 나뭇가지 사이로 찬 바람이 부는 겨울에 백조를 보는 즐거움은 낭만이며 곧 전설이다. 나는 백조 사진을 찍을 때 시를 읽는 마음으로 한 컷 한 컷 카메라의 셔터를 누른다. 그럴 때마다 백조는 음악이 되고 이야기가 된다. 시들어진 영혼을 충전하고 넉넉한 여백이 있는 공간에서 황홀한 고독을 만끽하는 것은 축복이고 기쁨이다. 백조가 날면 하늘이 열린다. 내가 하늘을 자주 바라보는 것은 고독하기 때문이며 아직 꿈이 있기 때문이다. 순백은 경배의 색깔이다. 파란 하늘에 길을 내는 백조의 비상은 땅에서 하늘로 영혼을 잇는다. 지금 내 몸은 늙어 무디지만, 가슴 속의 백조는 아직 젊다. 이 책을 어머니께 바친다.

유범주

● 기러기목 오릿과에 속하는 고니류를 백조라 부르죠. 크게 나뉘는 다섯 종친회 중 큰고니와 고니, 혹고니가 겨울 철새로 한국을 찾아요. 유럽과 시베리아 등지에서 번식을 한 후 11월 초쯤 겨울나기를 위해 한국에 와서 이듬해 봄까지 한국에서 지내는 친구와 먹이를 먹고 잠시 쉬다가 일본으로 가는 친구도 있어요. 한국에서는 제주도를 포함한 거의 전국에 걸쳐 강과 호수, 바다 등지에서 백조를 볼 수 있어요. 이 책에 출연한 저희들은 천수만, 주남저수지 등에서 섭외되었으며 일본 홋카이도 구시로에서 해외 올로케 촬영도 있었지요. 조류 독감으로 우리를 무서워하지 마세요. 서운해요. 바다나 갯벌에 새가 날지 않는 상상을 해 봐요. 아이 없는 세상만큼이나 암담하죠. 맛난 물고기가 우릴 부르네요. 어서 물가로 가야겠어요. 놀러 오세요.

백조

신현림

'시인'과 '포토그래퍼'의 경계를 허무는 다채로운 활동을 보여 주는 전방위 작가. 아주 대학교, 한국 예술 종합 학교 강사 역임. 경기도 의왕생으로 아주 대학교에서 문학을, 상명 대학교 디자인대학원에서 사진을 전공했다. 세 권의 시집『지루한 세상에 불타는 구두를 던져라』,『세기말 블루스』,『해질녘에 아픈 사람』과 첫 사진전과 함께하는 산문집『아我! 인생찬란, 유구무언』, 잠언 에세이『희망 블루스』와『천 개의 바람이 되어』를 냈다. 혼자 보기 아까운 세계 사진작가들의 사진과 미술 작품을 선보인 영상 에세이『나의 아름다운 창』과『희망의 누드』,『슬픔도 오리지널이 있다』와 사진 에세이『빵은 유쾌하다』,『굿모닝 레터』를 썼다. 그 외에도 미술 에세이『신현림과 함께하는 너무 매혹적인 현대미술』과 박물관 기행 산문집『시간 창고로 가는 길』, 역서로『블루데이 북』시리즈와『러브댓독』등이 있다. 최근에 아주 좋은 반응을 얻은『싱글맘 스토리』가 문화 관광부 '이달의 좋은 책'에 선정되었다.

유범주

서울 태생으로 자연 환경과 동식물을 사진에 담기 시작한 이래 오랜 세월 생태 사진작가의 길을 걸어 왔다. 어릴 적부터 신화나 문학 작품 등에서 비춰지는 신비로운 백조의 이미지에 경외감을 품고 있던 차에 대학 시절 강원도 속초에서 처음으로 야생의 백조를 본 후 백조에 매료되어 백조가 있는 곳이라면 어디든 찾아가 사진을 찍었다. 자신만의 독특한 새 사진을 찍고, 이를 통해 사람들이 진정으로 새를 사랑하길 바라는 마음으로 45년간 온갖 더위와 추위도 마다 않고 찍은 새 사진이 무려 30만 장에 이른다. 한국 꽃 사진회 회장과 한국 생태 사진가 협회 회장을 지냈다. 첫 책인 생태 사진집『새』는 민음사 주관 '2005 올해의 논픽션 상'과 한국 문학 번역원 지원 '2005 한국의 책', 과학 기술부 인증 '우수 과학 도서'에 선정되었다.

우리에게도 따뜻한 날이 올까 1판 1쇄 찍음 2005년 12월 1일 · 1판 1쇄 펴냄 2005년 12월 9일

글 신현림 · 사진 유범주 · 펴낸이 박상준 · 펴낸곳 (주)사이언스북스 · 출판등록 1997. 3. 24.(제16-1444호)

우135-887 서울시 강남구 신사동 506 강남출판문화센터 5층 · 대표전화 515-2000, 팩시밀리 515-2007

편집부 517-4263, 팩시밀리 514-2329 · www.sciencebooks.co.kr · 값 10,000원

한국어판 ⓒ 신현림, 유범주, 2005. Printed in Seoul, Korea. · ISBN 89-8371-316-X 03840